生きるための
ひとこと

晴佐久昌英
Haresaku Masahide

女子パウロ会

生きるためのひとこと

まえがき

人は、ことばで生きている。

ことばで世界を知り、ことばで自分をつくり、ことばで他者とつながって生きている。

だから、本当に生きるためには、本当のことばが必要だし、美しく生きるためには、美しいことばが必要だ。うそのことばは自分を壊し、汚いことばは世界を汚す。わたしがわたしを生き、あなたと生きていくために、本当に美しい、生きたことばが必要だ。

そんなことばに、こよなく憧れる。

たぶん、それは、特別なことばではない。ふだん何気なく使っている、いちばん身近なことばこそが、そのような力を秘めているのではないか。とりわけ、実際に声に出して口で語る、話しことば。

「おはよう」とか、「ありがとう」とか。

だれであれ、生まれて初めて触れたことばは、話しことばである。母のことばと、父のことば。初めて心に響いたことばも、話しことばであろう。友のことばや、恋人のことば。このわたしにまっすぐに語りかけてくれる、素朴で、温かいそのひとことには、無限の力が秘められている。

しかし、わたしたちは、そのひとことの働きと値打ちについて、よくわかっていない。だから、大切なことをうまく言えないし、必要なことをちゃんと聞けない。相手は今、そのひとことを待っているのに。わたしは今、そのひとことで救われるのに。

なぜ、わたしたちはいつも、ちゃんと言えないのだろう。「愛している」と。

人は、ことばで生きている。だから、人は、ことばで救われる。

「そのひとことを言うために生まれてきた」

「そのひとことを聞くために生きてきた」

そんなひとことを、互いにもっと、きちんと語り合いたいという願いを込めて、この本を書いた。

目次

まえがき　〇〇三

始めるためのひとこと

おはよう　〇一二

行ってきます　〇一五

はい　〇一八

光あれ　〇二一

ようこそ　〇二四

どうぞ　〇二七

きっといい日　〇三〇

ごめんなさい　〇三三

出会うためのひとこと

初めまして　〇三八

もしもし　〇四一

どうも　〇四四
おいしいね　〇四七
いいよ　〇五〇
こんにちは　〇五三
あなた　〇五六
さよなら　〇五九

愛するためのひとこと

大好き　〇六四
いつまでも　〇六七
わかるよ　〇七〇
いっしょに　〇七三
ちゃんとやろう　〇七六
痛い！　〇七九
愛してる　〇八二
待っててね　〇八五

目覚めるためのひとこと

あった！　〇九〇
やーめた　〇九三
ありえない　〇九六
もったいない　〇九九
ここだったんだ　一〇二
わあ　一〇五
ちょっとそこまで　一〇八
わかった！　一一一

安らぐためのひとこと

だいじょうぶだよ　一一六
なんとかなるさ　一一九
ただいま　一二二
カワイイ　一二五
すごい　一二八

しみじみする　一三一
まあ、まあ　一三四
美しすぎる！　一三七
甘えるためのひとこと
おぎゃあ　一四二
そこをなんとか　一四五
このままのぼくを　一四八
どっちも　一五一
よし、よし　一五四
そばにいてほしい　一五七
これが、ぼくだ　一六〇
おやすみなさい　一六三
信じるためのひとこと
神よ！　一六八
恐れるな　一七一

信じてるよ　一七四
わからない　一七七
助けて！　一八〇
ありがとう　一八三
パックス！　一八六
もうすぐ　一八九

生きるためのひとこと

今、ここ　一九四
死んでもいい　一九七
おめでとう　二〇〇
悔しい　二〇三
お見事　二〇六
うれしい！　二〇九
ふーっ　二一二
わたしは、生きる　二一五

あとがき　二一九

装丁・レイアウト／菊地信義

始めるためのひとこと

おはよう

朝は、優しい。

朝はだれにでも訪れる。

元気な人、元気のない人。昨日楽しかった人、昨日つらかった人。何もかも忘れてぐっすり眠った人、どうしても忘れられない心の痛みに眠れぬ夜を過ごし、夜明けまえにようやく少し眠った人。朝はすべての人を柔らかな光で包み、耳もとでそっと言う。

「おはよう」

どこかで聞いたことのあるようなその声は、生まれてすぐにその胸に抱かれて聞いた母の声のようだ。わたしの誕生を待ちわび、わたしの誕生を喜ぶ母親の優しい声。たぶん朝は、母親なのだろう。朝、わたしは目覚めたのではなく、生まれたのだ。

「おはよう」

それはいつだって、新たに生まれた一日の最初のあいさつ。ひとこと「おはよう」と言えば、悪い夢は前世の記憶のように流れ去り、昨日の闇はもはやどこにもない。「おはよう」は、新しい世界を始めるあいさつ。不思議なことに、それがどんな世界かはまだだれも知らないはずなのに、それがとてもよい世界であることを、だれもが知っている。

広大な湿原の真ん中で朝を待ったことがある。暗いうちに山小屋を抜け出し、ひとり木道の上にシートを広げて夜明けを待った。

澄んだ星空の下、聞こえてくるのは、遠い風の音。ときおり頭上で「ヒュン、ヒュン」という不思議な音がするのは、夜行性の鳥の羽音か。初夏とはいえ、夜明けまえの湿原は冷気に沈み、石造りの大聖堂にぬかずいて祈っているような厳粛な気持ちになる。

そして、文字どおりに「いつのまにか」夜が明けた。

少しずつ、本当に少しずつ空が明るみ、さまざまなところでさまざまな鳥が鳴き始め、ミルク色の朝靄《あさもや》が濃く薄くたなびき、それがしだいに、ごく淡く赤みを帯び、やがて世界は神秘的な桃色に包まれる。ことばを失って呆然《ぼうぜん》とする魂を、突然、金の光線が貫く。

期待していたのは単に美しい夜明けの光景だったのだが、実際に感じたのはあまりにも圧倒的な、朝のパワーだった。それは、自分などが見ることのゆるされていない絶対者の顕現のようだった。人間の思い煩いなどお構いなしにやってくる朝の完全さに、深い安らぎを覚えた。

あたりまえのことだが、だれにも地球の回転は止められない。世界は何百万回闇に閉ざされようとも、必ず夜は明ける。まるで地上のすべてを救おうとするかのように。地球にしてみれば、夜の深い闇なんていっても、つまりは光のあたっていない側にすぎない。地球は、自らの生み出したすべての存在に、朝のいのちを与えるために回っている。

さあ、「おはよう」を言おう。昨日傷つけた人に。「おはよう」とあいさつしよう。昨日傷つけた自分にも。いつものコーヒーをいれて、窓を開ければ、新芽に朝露が光り、親猫が仔猫をなめている。そうだ、簡単なことだった。もう一度始めればいいいんだ。

今、朝に包まれてようやくわかる。朝は、愛だと。

行ってきます

「行ってきます！」

なんと、心躍るあいさつだろう。

子どものころはそう叫んで学校へ行き、帰ってきて家の中にランドセルをほうり込むと、またそう叫んで遊びに行った。「行ってきます！」

夏休みともなれば、朝ごはんを食べたらすぐに、「行ってきます！」たぶん背後では「気をつけてね」とか「早く帰ってくるのよ」とか言っていたのだろうが、そんな声が耳に入るはずもない。弾む心は天地を駆け巡り、日が暮れてわれに返るまで、好きなだけ遊びまくっていた。

東京都内とはいえ、昭和三、四十年代の本郷あたりは、まだまだ子ども天国といってよく、遊ぶ場所には全く困らなかった。わが家の目の前は大名屋敷跡の三万坪の公園で、あらゆる昆虫と小動物が生息していたし、線路わきのどぶ川には、おたまじゃくしやザリガニがうじゃうじゃしていた。近所の駄菓子屋とその裏の神社の築山は子ども社会の重要な拠点になっていて、みんなそこに集まっては、今日はどこそこの空き地を探検しよう、などと相談する。

「行ってきます」の先には、いつも胸ときめく発見があり、心躍る冒険があった。今はすっかり大人になって、どぶ川に足を入れることこそなくなったものの、あのころの「行ってきます」は、今も決して消えることなく心の奥で叫び続けている。

だれの中にも安定志向と冒険志向が共存していて、それはいつも微妙な緊張関係にある。それが年とともに安定志向に傾くのは、いくつもの挫折《ざせつ》や失敗にこりたからか、新しい世界に挑戦する体力と気力が失われたからか。人間も動物である以上、疲れたくない、傷つきたくないというのは本能の働きであって、仕方のないことなのかもしれない。

しかし、そんな「安定本能」の奥に、はるかに強くしなやかな「冒険本能」が隠れていることに人はうすうす気づいている。まだ見ぬ土地に憧れ、未知との遭遇を夢見るその抑えがたき衝動こそが、人類を進化させてきた最大の要因であり、ひとりの人間が生きる喜びを知るために不可欠の力なのである。

かつてアフリカあたりで誕生した人類が、いまや全世界のいたるところに生息しているのは、グレートジャーニーと呼ばれる、われらが先祖の偉大なる冒険の旅があったからだ。それは飢えや外敵との戦いの連続であり、困難な旅だったにちがいないが、ぼくはこの先祖たちがうらやましい。人跡未踏の見知らぬ世界ではるかなる地平の向こうを夢見るその旅に、激しく憧れる。大草原のかなたにそびえたつ山脈。道なき道を行き、がけをよじ登り、やがて山頂にたどりつくと、突然、見たこともない光景が目に入る。初めて見る海！

そうして人類はいまや、宇宙にまで飛び出していくようになったわけだが、これはもはや人類の本質に属する事柄だというしかない。宇宙服を着て、誇らしげに「行ってきます」と手を上げ宇宙船に乗り込むその姿は、一見非常に特殊な姿に見えて、実はきわめて人間的な姿なのである。

慣れ親しんだ日常を離れるのは勇気のいることだ。さまざまなリスクも覚悟しなければならない。しかし、ぼくは知っている。まだ探検していない、もうひとつの空き地にこそ、最も大切な何かが隠されていることを。「行ってきます！」と叫ぶときこそ、ぼくは最もぼくらしいのだ、ということを。

はい

どういう巡り合わせか、大学の教壇に立っている。かつて、あらゆる授業で居眠りをしていた自分が、こんなところに立っていいのだろうかという戸惑いはあるが、ひとたび学生たちと向かい合えば必ずさまざまな発見と感動があり、授業とはこんなに楽しいものかと、教える側になって初めて知った。

授業の初めに、出席を取っている。

「〇〇さん」

「はい！」

単なる出欠の確認ではあるが、繰り返すうちに何か奥深いものを感ずるようになった。教師が名前を呼び、学生が返事をする。単純なその応答の中に、人間存在の本質が秘められているような気がする。

学生たちの返事は、それぞれ個性があって味わい深い。大きな声、小さな声。自信に満ちた声、自信をもてない声。たったひとことの「はい」でも、その声はその人の内面をよく表している。本人は何気なく返事をしているつもりでも、そのときの体調や精神状態で声は変わってくるし、何よりもその人が本当に自分自身を受け入れているか否かで、返事の質は決定的に変わってくる。

名前を呼ぶということは、その人がそこに「存在」しているかどうかを問う、ということである。「あなたは、あなたとして、この世界に本当に存在していますか」。その問いに「はい」と返事をするということは、「わたしはわたしとして、たしかにこの世界に存在しています」と宣言するということである。自分の存在を全面的に肯定するそのような「はい」を言うことは、実はとても勇気のいることだけれど、その「はい」を言えないからこそ、出席ひとつに返事をするのでも、どこか自信なげな返事になってしまうのだと思う。

呼んでも返事のないこともある。聞きそびれたかともう一度呼んで見回すが、返事はない。いたしかたなく出席簿には斜線を引くことになるが、「欠席」という事実は、限りなく重い。もちろん単なるずる休みかもしれないし、風邪を引いているのかもしれない。だが、もしかするとこの授業を取るのをやめたのかもしれない。学校自体をやめたのかもしれない。何か事件に巻き込まれたのかもしれない。すでに死亡しているなんてことだって、ありえなくはない。返事がないということは、相当戦慄《せんりつ》すべき出来事なのであり、返事があるということは、相当感動すべき出来事なのである。

わたしたちは、いつも呼ばれている。何か、とても大きな存在から、とても大きな愛を込めて。その大きな存在は、わたしに存在してほしいからわたしを生んだのだし、わたしに答えてもらいたいから、わたしの名を呼ぶ。

「わたしはあなたを生んだ。存在の喜びを与えるために。あなたは、あなたを引き受け、世界にひとりだけのあなたとして存在してくれるか？」

その呼びかけに、きちんと、「はい」と答えたい。そのとき初めて、わたしはこの世界に存在するのであり、その「はい」を言えるなら、それがどれほど苦難に満ちた世界であっても、わたしとして生き抜くことができるのである。

そしていつの日か、だれもがこの大きな存在から、最終的に名前を呼ばれる日がくる。その日、すなわちこの世から天へ呼び出される日、ぼくは自分の名を呼ぶその声に、全面的な信頼を込めて、まっすぐに答えたい。

「はい」

光あれ

新月の夜、無人島の浜に横たわり満天の星を見上げているときに、一瞬、何かとてつもない真理に目覚めたような、澄み切った感覚に包まれたことがある。宇宙との一体感というか、この大宇宙とこの小さな自分とが、実はすごく密接な関係にあるという感覚。ふだんはごく普通に、月も星もこの自分とはなんの関係もなく回っているし、たとえ自分がいなくても宇宙全体は何ひとつ変わらないと思っているけれど、あの夜は違った。宇宙は、ぼくを知っている。ぼくの存在は、全宇宙の関心事だ。宇宙は、永遠の昔からこのぼくを準備してくれていた。そんな実感があった。誇大妄想と言われそうだが、人間の妄想などはいかに誇大な妄想でも、たかが知れている。そのとき感じたのは、妄想さえ及ばないほどの圧倒的に大きな実在の宇宙との、人格的なきずなだった。言ってしまえば、このわたしがいなければ、宇宙の意味はない！

ハッブル宇宙望遠鏡が、ついに宇宙最遠部の撮影に成功したというニュースが流れたとき、発表された写真を見て息をのんだ。あらゆる形、あらゆる色の、無数の銀河。どんなにイメージ豊かなSF作家の想像も超えるような星々の渦は、いかなるコメントも寄せつけない荘厳な輝きを放っていた。

宇宙で最も遠いということは、宇宙で最も古いということである。宇宙の始まりはおよそ百三十五億年まえで、発表された映像はおよそ百三十億年まえの宇宙ということだから、まさに宇宙創成期のようすを見ていることになる。宇宙誕生の瞬間に起こったという光の大爆発、いわゆる「ビッグバン」から「たったの」五億年、宇宙がようやくその姿を表し、無数の生まれたての銀河の赤ちゃんが、いっせいに広がっていこうとしているようすである。それぞれの銀河に、その後、どんな運命が待っているのだろうか。それぞれの太陽の周りで、どれだけ多様な生命が生まれ、進化し、滅んでいくことになるのだろうか。もはや人知の及ぶところではない。しかし、及ばなくともそこは人知、当然問う。

「これほどの神秘を生み出した『ビッグバン』とは、そもそも何か」

聖書の冒頭におかれた「創世記」の、第一章第一節は、次のような大変シンプルな一文である。

「初めに、神は天地を創造された」

次いで第三節には、こう記されている。

「神は言われた。『光あれ』。こうして、光があった」

ただの神話といえば、それまでである。だが、無窮の大宇宙を前にして、この神話以上の真理を語り得る知性が、この世にあるだろうか。むしろ、すべての存在の根源に、その存在にあってほしいと願い、「あれ」と命ずる何者かを感じ取り、その何者かを語る力をこそ、真の知性というのではないだろうか。

神の最初のひとことが「光あれ」であることに、深い感動と安らぎを覚える。すべての存在が自ら欲して存在するものではない以上、すべての存在にとって最も尊く、ありがたいのは「あれ」と命ずる意志そのものだからだ。命じられたならば、後はもう何も悩む必要はない。あればいいのである。

創世記はその後、神が空と海と大地をつくり、草木と動物をつくり、人間をつくるようすを描いているが、それらはひとつの結論を語っている。すなわち、このわたしは、神に「あれ」と願われ、「あれ」と命じられてここにある、という真理。ビッグバンとは、わたしのことだ。

ようこそ

歓待の世紀を始めよう。真心込めて人をもてなすことを最高の価値とする世界を始めよう。旅人に宿を貸し、難民を受け入れ、親を失った子どもたちの世話をし、居場所のない若者のよりどころとなり、身寄りのないお年寄りの介護をしよう。他者を、わが身に迎え入れること。それこそが、この野蛮な時代を終わらせて、遠い昔、われわれ人類がたしかにもっていた平和と秩序を取りもどす最良の方法なのだから。

歓待。ホスピタリティ。おもてなし。それは単に他人にサービスを提供することではない。まして、相手を巧みに取り込んで自らへ同化させようという暴力でもない。それは、わが身を削って他者を迎え入れること。自分とは異なる世界を生きる他者と無条件にともにあること。それによって自らも他者に迎え入れられ、変容し「他者とともにあるわたし」という喜びを生きることである。

人類は、この「歓待」がいかに尊く価値あるものであるかを、何万年もまえから知っていた。いつ自らが危険な旅行者となるかわからない古代社会では、互いにもてなし合う互助精神は互いのいのちの保障でもあり、不文律の美徳だったのである。今でも遊牧民の社会では、旅人の歓待は名誉ある慣習として固く守られているし、日本でも古きよき時代の面影を残す農村漁村へ行けば、地域共同体を体験したことのない都会人が感激するほどのもてなしを体験できるが、それは実は人としてごくあたりまえのことなのであり、助け合わなければ生きていけないようにつくられている人類の基本的英知なのだといってもいい。

アリストテレスは「歓待は富を用いる最も良い方法である」と言い、プラトンは「歓待こそ聖なる義務」と説き、カントは永久平和のための市民法として「地球的規模での普遍的歓待」という概念を唱えた。歓待は、世界を救う。たしかに、国家という野蛮なシステムを浄化していくには、所有するのではなく贈り合い、排除するのではなく受容し合う道しかありえず、すなわち、今この星に必要なのは「歓待」なのである。

そう考えると、究極の歓待を実現したイエス・キリストの現代における意味がいっそう明らかになる。イエスは、常に人びとを分け隔てなく歓待していた。

その周囲にはいつも、もてなされた人びとの群れがあった。身も心も飢えていた人。罪びととして軽蔑されていた徴税人や娼婦。排除されていた病者や障害者。差別されていた異邦人。彼らは、「あなたをあなたのまま受け入れる」というイエスの歓待に包まれて、どれほどいやされたことだろう。その歓待の極みとして、最後には、すべての人の罪をわが身に迎え入れていのちをささげたイエス。つまり、十字架とは、このわたしへのもてなしであり、それはすなわち、神がわたしたちを歓待しているということなのである。神の歓待。これこそが、わたしがあなたを歓待する真の動機であり、人類を真に生かす力である。

わたしたちはもとより「地上では旅人」であり「天を目指す巡礼者」である。互いにもてなし合うよう天に定められた旅の仲間なのだ。しかし、もしもその仲間が本当に歓待し合うならば、それは、このわたしはこの星のどこに行っても歓待されるということでもある。なんという安心。なんという自由！

「ようこそ」と言い合おう。「よくいらっしゃいました」「お会いできてうれしいです」「さあ、どうぞ中へ」と言い続けよう。あなたもまた、「ようこそ」と、この星から歓待されて生まれてきたのである。

どうぞ

人生にはときどき、「取り返しのつかない一瞬」が待ち受けている。

ある秋の日。ディズニーランドの昼下がり。ベンチで一休みしているときに、向かいのベンチで小さなドラマを目撃した。

両親と小さな娘、おじいちゃんの四人家族がやってきた。疲れているのか、お母さんはなんだか怖い顔をしている。娘をベンチに座らせると、大きなポップコーンのカップを渡して言った。

「いい？　ママとパパはお買い物してくるから、これ食べてここで待っててちょうだい。どこにも行かないでね。ほら、ちゃんと持って。こぼしちゃだめよ。それじゃおじいちゃん、頼んだわよ。すぐもどるから」

両親が足早に立ち去った後、ベンチには不安げな少女と、気の弱そうなおじいちゃんの二人が残された。ふと、なんだかいやな予感がした。妙な才能だが、こういうときのぼくの予感は、実によくあたる。実際、小さな手で大きなカップを抱え、危なっかしくポップコーンを食べ始めた娘は、何粒も食べないうちにカップを地面に落としてしまったのである。カップは音を立てて転がり、ポップコーンがあたり一面に散らばった。

娘のびっくりした顔！　落としたカップを見つめたまま凍りついて動けない。隣のおじいちゃんも同じく、「あー」と言ったきり、身動きできない。一瞬の出来事に、あたりの時間が止まった。人生を生きる以上、だれもが経験しなければならない、取り返しのつかない瞬間。悲しいけれど、もうもとにはもどれない。ほどなくもどってくる母親の、うんざりしたようなどなり声が、今から聞こえるようだ。

やがておじいちゃんは、のろのろとカップを拾い上げた。

そのとき。

どこからともなく、白い制服のお姉さんがほうきとちりとりを手に現れ、あっというまに散らばったポップコーンを片づけると、にっこり笑って言った。

「ちょっとこちらでお待ちくださいね」

そして、一分もたたないうちに、ポップコーンのいっぱい入ったカップを持って現れ、娘に渡したのである。

「はい、どうぞ」

娘はきょとんとした顔でそれを受け取り、おじいちゃんを見る。おじいちゃんはなんだか泣きそうな顔で「すいません」を繰り返す。お姉さんは笑顔で娘に手を振ると、またどこへともなく去って行った。

娘は何事もなかったように再び食べ始め、ほどなく両親ももどってきた。おじいちゃんが事の顚末《てんまつ》をぼそぼそと話すが、なんだか要を得ず、どのみち母親はまともに聞いていない。「あら、そう」とか、適当に返事しながら荷物をまとめ、四人は人込みに消えていった。

遊園地も客商売である以上、それくらいするのはあたりまえのことなのかもしれない。この娘も、すぐにこの小さな事件を忘れてしまうだろう。しかしこの日、彼女の心にはかけがえのないものが芽生えたはずだ。世の中には困ったときに助けてくれる人がいる。人生には取り返しのつかないことなんてない。どんなにがっかりしても、きっといいことが待っているんだ、という希望。すなわち、人生を始めるにあたって不可欠な、この世界に対する信頼感が。

きっといい日

○三○

つらい思いを抱えて日々を生きている人を励ますための「日めくりカレンダー」というものを出版したところ、幸い評判もよく、「元気づけられました」「毎日楽しみにめくっています」など、いろいろな方からの反応があった。

これは、ひと月分三十一枚がつづってあるもので、その日ごとのオリジナルのことばを二行詩にして書いたのだが、このことばを考えるのは思いのほか大変だった。散文は書きなれているのだが、詩となるとそう簡単にはいかない。散文の何倍もの時間がかかる。ましてニ行詩となると、さらに何倍もの時間がかかる。しかも、出版社の注文は「わかりやすく単純なもので、しかし平凡でなくオリジナルなものを」とか、「宗教臭くなく、だれにでも受け入れられるいやしのことばで、しかしちゃんと根っこにキリスト教の福音が感じられるものを」などという、およそ無理な注文だったので、腕組みしたまま何日も、うなり続けるというような生みの苦しみを味わわされた。

心がけたのは、どこか「天」を感じさせるようなことばを、という点である。

つらい思いを抱えている人は、当然のことながら現実の世界で苦しんでいる。弱い体、傷つきやすい心、暴力的な社会、すなわちこの世という限界ある「地」を生きているからこそ苦しんでいるのであり、それは最終的にはどうしたって「地」の努力では救われない。どれほど科学や医学が進歩しようとも、どんなに優れた思想家や政治家が現れたとしても、それは、実は赤ん坊が赤ん坊を助けようとしているようなことであり、究極的には、すべての生みの親である「天」とつながらなければ、「地」の苦しみをいやすことはできない。

出口のない闇の底でうずくまり、つらい思いから逃れられずに苦しんでいる人が、ふと目を上げると小さな日めくりカレンダーが目に止まる。たとえばそれが31日ならば、こう書いてある。

さあ　もう寝よう
あしたはきっと　いい日

なぜあしたはいい日なのか、どうして「きっと」などと断言できるのか、なんの根拠もない。だいたい、だれがそう言っているのか、どういうつもりで「もう寝よう」などと呼びかけているのか、なんの説明もない。

しかし、本当につらい思いをして、本当に救いを求めたことのある人なら、きっとわかるはずだ。これは「地」のことばではなく、「天」からの声なのだと。そのような完全な世界、永遠の世界に触れなければ、決して真の救いはない、ということを。

そんな天の声を信じて眠りについた者に、必ず「いい日」はくる。健康だろうが病気だろうが、成功していようが失敗続きだろうが、「地」のどんな条件とも全く無縁に、「いい日」がくる。なにしろ天の声である。百パーセント断言できる。さあ、もう寝よう。あしたは、きっと、いい日。

そうして迎えた朝、このカレンダーをめくると、1日にはこう書いてある。

いま　目覚めたこの朝が
新しい人生の始まり

ごめんなさい

小学生のとき、ぼくは「いじめっ子」だった。

といっても、ドラえもんに出てくるジャイアンのような正統派のいじめっ子ではなく、もっとコソコソした感じの陰湿ないじめっ子だった。

いじめた相手はたったひとり、同級生のK君。おとなしくて、勉強ができず、首すじが赤くかぶれていて、耳から黄色い「耳だれ」が出ている子だった。友だちもなく、いつも独りぼっちだった。

ぼくは、K君が嫌いだった。気弱そうなその顔を見ると、なぜだかいじめたくなり、ことあるごとに蹴飛ばしたり、耳をつねったりした。それも、ほかのだれも見ていないときを見計らって。

そんなときK君は、おびえた目でこちらをちらりと見た。その目は、「お願い、やめて。どうしてそんなことするの？」と語っていた。しかし、そんな顔をされるともっといじめたくなり、もっと強く耳を引っ張ってしまう。やがて

K君は、泣き始める。するとますますいじめたくなり、ますます強く蹴飛ばしてしまう。

どうしていじめたい気持ちになるのか、自分でも不思議だった。別に何かされたわけでもないし、何か得するわけでもない。むしろ、できるならそんなことしたくないという思いすらあるのに、やってしまう。自分の中に悪魔が隠れていて、気がつくとその悪魔の言いなりになっている、そんな感じだった。

あれから四十年。

K君、どうしていますか。もしゆるされるなら、一度お会いしたいです。これをお読みでしたら、ご連絡いただけないでしょうか。どうしても、ひとこと言いたいことばがあるのです。

中学生になると、一転、ぼくは「いじめられっ子」になった。

転校した先のクラスに、それこそジャイアンがそのまま中学生になったような体の大きなY君がいて、なぜだかぼくをいじめたのである。暇さえあれば近づいてきて、腕をねじ上げて引きずり回したり、プロレスのわざで締め付けたり。手加減を知らない世代であり、ともかく痛かった。友だちはみんなわれ関せずと知らん顔で、なかには同情のまなざしを向けてくれる奴《やつ》もいたけれど、それがいっそう屈辱的だった。

しかしぼくは、何をされてもY君を完全に無視し続けた。相手にする価値のない奴だと思ったから。そうして無視すればするほど、Y君はぼくをいじめ、ときには鼻血が出るほど殴られたりした。だから、卒業したときは本当にせいせいしたし、できるなら記憶から消去したいと思っていた。

ところが、ほどないある日、Y君がなんだか照れくさそうに訪ねてきたのである。ぼくはうんざりして言った。「なんの用だよ。もう、ほっといてくれよ」。Y君は何か言いたそうだったが、何も言わずに帰って行った。

あれから三十五年。Y君、どうしていますか。もしよかったら一度、お会いしませんか。今なら、君が、実はぼくに好意をもってくれていたということが、よくわかります。いい友だちになれそうな気さえします。ご連絡いただけないでしょうか。どうしても、ひとこと聞きたいことばがあるのです。

いちばん言わなければならないのに、いちばん言えないことば。

いちばん美しいのに、いちばん聞けないことば。

出会うためのひとこと

初めまして

「初めまして」

この、心躍るあいさつの後に、何が起こるのか。それはだれにもわからないし、わかるはずもない。なにしろ、その人と会うのは初めてなのだから。今までのどんな経験も、それによる今後のどんな予測も役に立たない。それが、「初めまして」ということなのである。ひとつ確かなのは、出会ってしまった以上、必ず何かが起こり、何かが変わるということだ。それがどんなことであり、どんな意味をもっているのか。ささやかな変化なのか、人生が変わるほどのすばらしいことなのか。何もわからないままに、ぼくたちは恐る恐る握手の手を差し出す。「初めまして」と。

愛する人の寝顔や、大切な友人の写真を眺めながら、親しいあの人この人との「初めまして」を、ゆっくり思い出してみよう。

会った瞬間、「この人だ！」と直感した、なんていう劇的な巡り合わせもまれにあるのかもしれないが、普通はどんな出会いも意外なほどさりげない。たまたま隣に座っていたのにしばらくは気づきませんでした、とか、共通の友人に紹介されたけど、次に会ったときに名前も思い出せませんでした、とか。それどころか、いつ最初に会ってあいさつしたのかも、はっきりとは思い出せないことさえ、多いはずだ。たぶん、ぼくたちは「初めまして」の真の値打ちを知らないので、その貴重な瞬間をたいしたことのない一瞬として見過ごし、忘れてしまうのだろう。

しかし、その何気ない「初めまして」の後に、いったい何が起こったのか、ゆっくり思い出してみよう。きっと、「初めまして」の秘めている底知れぬパワーに圧倒されるはずだ。

しだいに仲良くなり、会う機会が増え、互いの理解も深まり、いくつかの決定的な出来事で信頼関係を築き、やがてかけがえのない人になっていく。助け、助けられ、ぶつかり合い、ゆるし合い、たくさんの同じものを食べ、たくさんの同じ苦しみを背負い、たくさんの同じ時間を生きて、ついには、なくてはならない大切な人になる。もしあのとき、あなたに出会えなかったら！　あの日、あそこでの、あなたとの「初めまして」がなかったなら！

人間関係には疲れ果てた、もうだれにも会いたくない、という人もいるだろう。傷つけられ、裏切られ、もうだれも信じたくないという人もいるかもしれない。でも、実はそんな人こそ、「初めまして」を必要としている。なぜなら、その人は、人生において真にかけがえのない出会いをまだ経験したことがない、ということなのだから。経験していないのに、あきらめてしまうことはない。さりげない、しかし決定的な「初めまして」が、思いがけないとき、思いも寄らないところで待っているというのに。もしかすると、それは明日かもしれない。一分後かもしれない。もうすでに扉の向こうに立っていて、今まさにノックしようとしているのかもしれない。

多くの人と出会い、多くの人の出会いに奉仕してきた司祭として、ひとつの確信をもっている。すべての人が、神が結んだとしか言いようのない永遠の出会いを体験できる。ただし、「初めまして」を恐れないかぎり。

敬遠していた集まりや、苦手な現場に勇気をだして出かけてほしい。そこには生涯忘れられない、初めての「初めまして」が待っている。

もしもし

電話が苦手だ。それがいかに便利かはよく理解しているつもりだし、もう何十年も使っているというのに、どうしてもなじめない。

たぶん大きな原因は、相手の顔が見えないことだ。よく知っている相手であっても、今どんなところでどんなことをしているのか、さらには今、どんな気持ちでどんな表情をしているのか、全くわからない。まして知らない相手なら、どんな顔かどんな体格か、ときには年齢、性別、国籍もわからないことだってある。そんな相手と話すなんて、だれだって苦手に決まっている。人類は、その場にいない人と、あたかもそこにいるかのように会話するという事態に、いまだ適応していないのではないか。

「もしもし」と言うときの、あのなんともいえない緊張感。相手はいるのかいないのか。この電話を迷惑に思っているのかいないのか。明るい声で「はいはい」と返ってくる保証は何ひとつない。たとえ携帯電話であっても、下手をするとだれが出るかさえわからないのだ。まして、相手が聞いているはずなのに、何も答えの返ってこない無言電話なんか、緊張を通り越して恐怖が走る。最近はみんな、直接の会話よりメールを好むのも、そんな緊張を避けたいからであることは間違いない。

世はそろそろテレビ電話の時代だが、事情はそう大きくは違わないはずだ。目の前にいない人と会話するという事態に変わりはないし、むしろ映像があるぶん、かえって緊張も増すだけのこと。第一、知らない人が出るかもしれないという点では、映像のほうが恐ろしいではないか。無言電話ならまだしも、画面にだれも映らない無人電話なんて、もはやオカルト映画である。

それでも、ぼくたちが電話を手放せないのは、それが便利な道具であるからというだけではないだろう。だれかに呼びかけ、返事があるというつながりこそが人を生かしているのであり、どんなに離れていても、どんなに面倒でも、人はだれかとつながっていたいのである。中高生のころ、よく長電話をしては「簡潔に用件のみ話せ」などとしかられたものだが、あのたわいもないおしゃべりこそが、電話の真骨頂という気がする。初めて携帯電話を手にしたときに味わった感動も、単に便利になったという思い以上の、根源的なときめきだった。いつでもどこでも、だれとでもつながれる安心感のような。

「もしもし」と呼びかけ、「はいはい」という返事を夢見るのは、人類の本性に根ざす行為なのだろう。巨大なパラボラアンテナを宇宙に向け、どこかの星で、きっとだれかが聞いてくれると信じて電波信号を送り続けている科学者がいるが、いかにも孤独な人類のやりそうなことである。果てしない暗黒の宇宙に向かって、いつ、だれが聞いてくれるのかもわからずに送り続ける信号。

「もしもし、もしもし、もしもし……」

きっとぼくらは、答えてほしいのだ。「はいはい、ここにいますよ、聞いていますよ」と、優しい声で。「はいはい、どうしたの、何を寂しがっているの。ほら、もうだいじょうぶよ、お母さんはここにいますよ」と、懐かしい声で。人間の魂は、そんな天の声を聞くまで呼び続けることをやめない。

しかし、答えがないのにぼくらがいつまでたっても呼び続けているのは、なぜだろう。もしかして、すでに向こうが呼んでいるってことはないか。こちらがかけるより先に、電話は鳴ってないか。「もしもし」と呼ばれてないか。

どうも

○四四

外国人が真っ先に覚えるべき、最も便利な日本語として定評のある、「どうも」。たしかに、この究極の曖昧《あいまい》語を上手に使いこなせるようになれば、日本で生きていくのもそう難しくはない。それはつまるところ、曖昧であることにある種の安心を感じ、物事を決めつけずに曖昧なままにしておくことをむしろ美徳と考える、日本そのものを理解するということなのだろう。

なにしろ「ありがとう」と「すいません」のどちらも「どうも」ですむのである。「それはどっちの意味で使っているのか」などと聞き返す日本人はひとりもいない。便利といえばまことに便利、いいかげんといえば、このうえなくいいかげんである。しかし、言うに言えない万感の思いを込められることばとしてみるならば、これほどに奥深いことばはないようにも思われる。

道端で、すれ違いざまに。

「あ、先日は、どうも」「いえいえ、こちらこそ、どうも」

仕事を終えた帰り際、みんな口々に。

「どうもー」「じゃ、どうも」「どうも、お先に」

久しぶりに会った二人が、ビールを注ぎ合う。

「いやいや、どうもどうも」「ああ、これはこれは、どうもどうもどうも」

これはもはや、奇跡のことばである。この「どうも」の続きをせんさくするなんて無粋だし、実は言っている本人だって、その先はうまく言えないはずだ。もとはといえば、「どうもありがとう」や、「どうもご苦労さま」などの省略なのだろうが、今や単なる省略を超えて、それ単独で「言うに言えない思い」を表現する、ふところの深いことばへと進化しているのだから。

ことばは正確であるにこしたことはないし、言うべきことはきちんと言ったほうがいいだろう。しかし、相手に対する自分の気持ちを正確に語ることなんてだれにもできないし、ときには、はっきりと言わないことでしか伝わらないことだってある。人間というのは、そういう割り切れない生き物だし、それを割り切ろうとするところに、断絶と対立が生まれるのではないか。「どうも」の心は、語り得ない世界と語り得る世界のはざまで、人と人を柔らかく結び合わせる心なのである。

司祭という仕事がら、人の死にかかわる機会が多い。親しかった人が亡くなったとの一報が入り、とりあえず病院やご自宅に伺うと、疲れきった顔のご家族がご遺体を囲んで座っている。故人の奥様が、ぼくの顔を見ると感極まったように立ち上がり、深々とお辞儀をする。その心中は察するにあまりある。愛する人を失った悲しみ。不眠不休で看病した果ての放心。なおも祈り続ける、死を超えた永遠のいのちへの希望。夫が生前親しくしていた司祭への、あふれるさまざまな思い。そんな思いに向かっていったい何を言えるというのか。

「どうも……このたびは……」

妻は答える。

「わざわざ、どうも……」

もしかすると、何かをうまく言うということは、それほど大事なことではないのかもしれない。

いつの日か、天国で神さまに会ったときも、結局は小さな声でひとこと、「どうも」としか言えないような気がする。

おいしいね

同じものを食べても、ひとりで食べるよりも、ほかのだれかといっしょに食べるほうがおいしく感じるのは、なぜだろう。ひとりで食べたらごく普通のおにぎり一個でも、愉快な仲間たちと山登りして見晴らしのいい山頂で食べれば、生涯の思い出になるほどの格別の味わいとなる。

いや、うまいものはひとりで食べてもうまいとか、ほんとにうまいものは、むしろ、ひとりでそっと食べたほうがうまい、などと悲しいことを言う人もいるけれど、そういう人はもしかすると、愛する人といっしょに食事をするという、この世で最もすばらしい体験をしたことがないのではないか。

久しぶりに家族全員そろって、おうちで晩ごはん。みんなで食卓を囲み、「いただきます」をしてから、まずはお母さんお得意のお味噌汁を一口飲む。おだしは煮干しとかつおぶし。子どもが「ああ、おいしい」と言うと、お父さんもにっこりして「うん、おいしいね」と言う。

大好きな人と、念願かなって初めてのデート。おしゃれなお店でちょっと緊張しながら、まずはシャンパンで乾杯する。本場シャンパーニュ地方の辛口タイプ。透き通る金の泡に心躍らせながら一口飲み、思わず「ああ、おいしい」と言うと、相手もほほえんで「うん、おいしいね」と言う。

そうなのだ。「おいしいね」と言えば、「おいしいね」と返ってくることが、人間にとって何よりの喜びなのだ。大切な人と同じ感覚。大好きな人と同じ感動。それが人と人を結び、さらなる喜びを求めて、人は人といっそう結ばれ合おうとする。神が人に味覚の喜びを与え、その味覚を満たす豊かな食材を与えてくださったのは、単に生命維持のためだけではなく、味覚の喜びによって、人と人を結ぶためだ。

だれかのために手間隙《てまひま》かけて野菜を育て、それを真心込めて調理し、同じ食卓で分け合って食べる。あるいは、そんな食事のために苦労して働き、忍耐して糧《かて》を得て、わが家族を養う。人間はそのような素朴で単純なことを何よりも喜びとするようにつくられているので、いつも「おいしいね」と言える相手を求めてやまない。にもかかわらず、せっかく出会えて「おいしいね」と言い合えたかけがえのない人を、みんないとも簡単に手放してしまう。それ以上においしいものなんて、どこにもないのに。

さまざまな悩みを抱えて行き詰まったときなども、事態を好転させる最高にすてきな方法は、だれでもいいからおいしいものを分かち合って食べることだ。特に悩みを聞いてもらったりしなくとも、もうひとりのだれかと「おいしいね」と言い合うだけで、新鮮で栄養たっぷりの、天然の元気が生まれてくる。

都市の若者たちに「個食」が増えているのは、実は忙しいからでも便利だからでもなく、面倒でもいっしょに食べるとこんなにうれしいという学習体験が不足しているだけだ。その体験を重ねていけば、だれだってそれをもっと得たいと工夫し始めるだろう。最近はコンビニの弁当もますますおいしくなっているけれど、おいしくなればなるほど、ひとりで食べる寂しさもますます募っていく。こんなにおいしいものを、ひとりで食べなければならないなんて！

ひとりで座る牛丼屋。どんなにおいしくても、見知らぬ隣の人に「おいしいですね」と声をかければ、間違いなく警戒されるだろう。ああ、悲しき都市生活。おいしいと言える相手のいない生活は、おいしくても、おいしくない。

いいよ

そのお母さんは、深刻な顔で口を開いた。

「娘が摂食障害で苦しんでいます。すっかりやせてしまいました。どうしていいか、わからないんです」

聞けば、何も食べようとしないし、食べてももどしてしまうそうで、学校にも行けないとのこと。本人もつらいだろうが、家族の心痛も相当なものだろう。専門の病院にも行ったが、しばらく休ませてくださいと言われ、とりあえず薬を処方されたということだった。

「せめて原因がわかれば、なんとかしようもあるんでしょうけど、何も思いあたることがないんです。不自由なく育ててきたつもりなんですけどねえ」

神父はこの手の相談を受ける機会が多いのだが、教育や精神医療の専門家ではないので、もどかしい思いをすることも多い。なんとか子どもの本音を探ることくらいならできるかもしれないと、いくつか質問してみた。

「娘さんはどちらの学校ですか」

母親は、都内のある有名な進学校の名前を口にした。

「ああ、あそこですか。受験、大変だったでしょう」

「はい、本人も努力しましたし、うちじゅうで喜んだんです。なのに、せっかく受かった学校に行かなくなるなんて……」

「摂食障害が起こったのはいつからですか？」

「入学式の翌日です」

びっくりした。入学式の翌日からの不登校でも、このお母さんは、「原因がわからない」と言っているのである。「何も思いあたることがない」と。

小さいころから親の期待にこたえようと自分を押し殺して勉強を続けてきた娘が、ついに限界を超えて壊れてしまったというのに、まだ気づかないのである。娘の本音は歴然としている。

「お母さん、あたしつらいよ、もう無理だよ。寂しいよ、この気持ちわかる？不安だよ、いつまでこんなこと続けなければならないの？　お願い、『もういいよ』って言って。『勉強できなくっても、あなたが大好きよ』って言って！」

要するに、「お母さん、わたしを愛して」と言っているのだ。どんなにいい成績をとってもそれじゃまだだめ、と言う親。どんなにいい学校に入っても、さあ気を引き締めてこれからもっと頑張れという社会。なんとか最後の気力を振り絞って受験を乗り越えたものの、彼女の無意識は入学したその日にすべてを悟ったのである。この無限地獄は永遠に続く、と。

お母さんには、こうお話しした。

「お天気のいい日に、おいしいお弁当をつくって、娘さんとピクニックに出かけてください。眺めのいい木陰にシートを広げて並んで座り、真心込めてこう話してください。『学校に行かなくてもいいよ。勉強しなくてもいいよ。お母さんは、ただあなたがいてくれればそれでいいの。だいじょうぶ、勉強しなくたって必ず幸せになれるわ。あなたは本当にいい子なんだから。何があろうとも、だれがなんと言おうとも、あなたを守るから安心してね。お母さんは、あなたを愛してる』と。娘さんは、涙をこぼして、お弁当をひとくち食べますよ」

すると、お母さんは、こう答えた。

「そうおっしゃるけど神父様、せっかくあんなにいい学校に受かったのに!」

こんにちは

山道で交わすあいさつは、気持ちがいい。さわやかな緑の道ですれ違う人と交わす「こんにちは！」の響きは、鳥のさえずりや、せせらぎの音にも勝る心地よい響きだと思う。なんだか少し得した気持ちで、足取りも軽くなる。

見知らぬ者同士の一期一会ではあっても、山ですれ違うとありがたいご縁に感じるのは、山が何か不思議な力をもっているからだろうか。山は古来、神と出会う場所とされてきた。たぶん、山で会う他人もまた、ほんの少しだけ神さまなのかもしれない。

都会では、道ですれ違ってもだれもあいさつしない。それが普通という環境で生まれ育っていると、別に不思議にも思わないが、人と人が全く無関心にすれ違うという現象は、人類史から見ればつい最近の異例の事態であり、社会全体に相当なストレスとゆがみをもたらしているはずだ。都会の雑踏で見知らぬ人とあいさつするなんて現実には無理だと思うかもしれないが、それを言うなら、そもそも雑踏ということ自体が人間には無理なのである。

「こんにちは！」には、「わたしはあなたの敵ではありませんよ、安心してください」「もし何かあったら助け合いましょう」という意味から、「ここであなたに会えてよかった」「このすばらしいひとときを、あなたと共有したい」という思いまで含まれている。人類ははるか昔から、このあいさつであらゆる問題を解決し、ともに生きる喜びを育ててきたのだ。あいさつするほうが異常、という環境に人はいまだ適応できずにいるし、これからも適応できないだろう。人びとがたまの休日に大自然の中へ出かけるのは、もちろん自然に触れていやされたいからだが、自然の中で人間に触れていやされたいという思いもあるような気がする。都会では触れられない、ごくあたりまえの人間性に。

そういえば、山道で見知らぬ人とあいさつを交わしたとき、なんだかちょっと得意な気持ちになっているのもおもしろい。「自分はあいさつできるんだ！」「あいさつって、ちゃんと通じるんだ！」というような思いだが、いまさらそんな幼稚園生のようなことを思うのは、それほどふだんは、他者との間にまともな人間同士の触れ合いがないことの、あかしでもある。

ごく自然に、だれとでも「こんにちは」の言える暮らしがしたい。本当はどこだって山道だし、だれだってほんの少しだけ神さまなのだから。おそらく、これほどに「こんにちは」を言いにくい都会であえて言う「こんにちは」は、山道よりもはるかにその威力を発揮するはずだ。無関心と恐れに支配された都市文明を、ひとことの「こんにちは」が救ってくれるのではないか。

人類が発明したこの偉大なあいさつで、どれほど豊かなご縁が織り成されてきたことか。無二の親友も生涯の伴侶《はんりょ》も、最初はちょっとの勇気とちょっとの笑顔の「こんにちは」で始まったのだ。その後の豊かな交わりから受けた計り知れぬ恩恵を思えば、もう少し「こんにちは」への敬意をもってもよさそうである。特に現代のような移民、難民のあふれる地球化時代には、どんな見知らぬ人とであれ、まず「こんにちは」を言うことが、どれほど相手を安心させ、自分を育て、社会を喜びで満たすだろう。うれしいことに、「こんにちは」のない民族は、この地上にひとつもない。

地球の上で交わすあいさつは、気持ちがいい。悠久の空の下ですれ違う人と交わす、「こんにちは!」

あなた

自分の説教集が出版されることになったとき、本のタイトルも自分で決めてほしいと言われた。あれこれ考えてはみたものの、結局はこれしかないという思いで、『あなたに話したい』とした。それが、自分が説教をするときに最も大切にしている思いだからである。

ぼくは、人前で話すのが苦手だ。というと、ふだんぼくの話を聞いている人は冗談でしょうと笑うけれど、本当のことである。人前に出るだけで緊張して、うまくしゃべれない。自意識過剰で、人の目を気にしすぎるからだと思う。初めてミサで説教というものをするようになったころも、あれこれ考えすぎて緊張して、感動も喜びもない、いわゆる「ぼろぼろ」な説教だった。だれからも責められないように気をつけなければと、準備を始める数日まえから気が重く、当日話している途中でだれかがあくびをしたりすると、その場から逃げ出したくなった。いくら苦手でもこれじゃまずい、何がいけないのかと真剣に考えたすえに、単純ながらとても大切なことに気づかされた。

説教とは、「わたしが話したい」ではなく、「あなたに話したい」という思いなのだ、ということだ。

自意識過剰とはよく言ったもので、緊張したりあがったりするのは、まさに自意識がすべてだからだ。わたしはうまく話したい。わたしはほめられたい。わたしは恥をかきたくない。わたしは、わたしは……。すべて、「わたし」である。どれほど大勢の人が聴いていようとも、そこには「わたし」がいるだけで、「あなた」がいない。すなわち、愛がない。

しかし、たとえば目の前で、自分の恋人が、ちょうど医者から悪い病気を宣告されて泣いていたとしよう。だれだって、自分がうまく話したいとか、恥をかきたくないとかに関係なく、愛を込めて相手のために精いっぱい励ますにちがいない。説教だって、本質的に同じであるはずだ。言い間違えてもことばにつまってもかまわない。自分がどう思われるかには関係なく、目の前にいる「あなた」のことだけを思いながら、精いっぱい慰め、励まし、力づければいいのである。

そう心がけるようにしてから、説教は喜びの場に変わった。夢中になって「あなた」に話すとき、自分が語っているというよりは、何か偉大な力が自分をとおして「あなた」に語っているという実感が生まれ、何の恐れもためらいもなく、自由に語ることができるようになった。心が触れ合って何か大切なものが通じることほど、うれしいことはない。そのころから、聴いている人の中に涙をこぼす人も現れるようになった。たぶん、あの説教集はぼくの説教集ではなく、「あなた」に話したい、偉大な力の説教集だ。

よく、「いくら言ってもわかってもらえない」とか、「すぐに言い争いになって何も伝わらない」という現場がある。双方もっともな言い分があるのだろう。しかし、そこに果たして、「あなた」はいるか。口では「あなた」と言いながら、それは本当に「あなた」なのか。「あなたに話している」つもりで、「わたしが話している」のではないか。「あなたを愛している」と言いながら「わたしが愛している」と言っているのではないか。実は二人の「わたし」が果てしなく独り言をしゃべっているだけではないのか。

わたしは、あなたに会いたい。

さよなら

みんな気軽に「じゃあね」「バイバイ」「さよならー」と別れていくけれど、それは、いずれまた会えると思っているからだ。それが明日か来年かはともかく、再び会う日があると信じて疑わずに、当然のごとく「じゃ、またね」などと言って別れていく。

だが、これがもし、その「また」がもうないのだとしたら。その人とこのまま二度と会えないとわかっていたら、そう簡単に「じゃあね」とはいかないはずだ。みんな無邪気に手を振り合ってあっさりと別れていくけれど、いつだってそれがその人を見る最後になる可能性はあるし、事実、いつかは必ずその日がくる。

親しい人、特に家族を亡くした人の悲しみが大きいのはいうまでもないことだが、それが長い闘病生活の末か、突然の事故のためかでは、当然悲しみの質も違ってくる。本人と周囲の人が死と向かい合う時間が長ければ、いつしか心の準備ができていることもあるだろうが、朝「行ってきます」と出ていったのが最後になってしまったというような場合は、全く心の準備がないために、残された者の心の傷は、計り知れない。「さよならも言えなかった」「せめてひとこと、愛していると伝えたかった」そんな思いがいつまでも、いつまでも残る。

たぶんぼくらは、いつだってもっときちんと「さよなら」を言わなくてはならないのだろう。いつだって、だれとだって、別れるときはこれが最後だと思って向かい合わなければならないのだろう。感謝の思いを込めて「ありがとう」と言い、おわびの気持ちで心から「ごめんなさい」と言い、真心からの愛を込めて「あなたに会えてよかった」と言わなければならないのだろう。そうしてなおも言い尽くせぬ万感の思いを込めて固く手を握り合うべきなのだろう。たぶんぼくらは、いつも心にそんな「さよなら」さえ秘めていれば、だれに対してでも、もうちょっと優しくなれる。

そうしてきちんと「さよなら」を言えたときにこそ、人は本当の意味で再会できるし、再会の真の喜びを深めることになる。再び会うことが、本当はどれほど尊い出来事かを、どれだけの人がわかっていることか。みんな気軽に「ただいまー」「よお、元気だった?」「どうも、お久しぶり」と再会するけれど、再会は決してあたりまえの出来事ではない。実を言えば、それは互いに涙を流して抱き合うべき瞬間なのである。

もっとも、それもこれもすべてこの地上での話。この世をはらんでいる永遠なる天上の話となると、事情は劇的に違ってくる。なぜなら、天上の世界はすべてのさよならの向こうに開けている、尊い再会の場だから。

司祭として、葬儀ミサを数知れず司式してきたけれど、回数を重ねるごとに地とは天へ向かう道であるという実感が深まっていく。ある葬儀ミサの折に披露された、故人の辞世の句が忘れられない。

「天高し　また会う日まで　さようなら」

すがすがしい。信ずる者の天とはそのようなものである。

愛する人と「さよなら」も言えず「永遠に」別れてしまったと思っている人たちは、今からでも遅くない、きちんと彼らに「さよなら」をしたほうがいい。もう二度と会えないはずの人と会う、天の再会のために。

愛するためのひとこと

大好き

と言っても、恋人から言われた「大好き」の話ではなく、もしかすると、それ以上にうれしいかもしれない、ひとことの話。

中一のころだったか、国語の授業で詩の宿題が出た。自分の心の奥にある思いをよく見つめて素直に簡潔に、というような指導だったと思う。ぼくは、思いつくままに「少年」と題した次のような短い詩を書いた。

「おかあさん」
「おかあさん」
「おかあさん」
「おかあさん」
「おかあさん」

「なあに」

安心。

なるべく短い詩で楽をしようとしたわけではなく、こういう単純で率直なテーマは、これ以上は無理だというところまでことばを削ることでインパクトが増すのでは、というねらいがあった。短歌にならって、三十一文字でいこうというアイデアでもあった。

国語の先生は、クラスでいちばん短いこの作品を褒めて、廊下にはり出してくれた。翌日だったたか、はり出してあるその詩の前で、別の女性の先生に呼び止められた。

「晴佐久君、これ、いい詩ね。この気持ち、わかるわ。ただ、ちょっと単純すぎるから、五つ目の『おかあさん』は、『お・か・あ・さ・ん』ってしたらどうかしら。ん――、いや、やっぱりこのままのほうがいいかな」

それから、ぼくの顔を見て、にっこり笑って言った。

「あたし、この詩、大好き」

このひとことは、大きかった。今にして思えば、ぼくの物書きとしての出発点のひとつになったと言っていいかもしれない。自分の書いたものを、先生が「大好き」と言ってくれる。そのひとことは、自分は文章で人を感動させることができるんだという自信を生み、もっと書けば、もっと感動させることができるかもしれないという夢を生んだ。

実際、その後、ことあるごとにぼくは詩を書き続けてきた。過ぎゆく日々のささやかな出来事の光と影を、詩というカメラで無心に撮り続けてきた。そうして三十年後には小さな詩集を出版し、幸い多くの人に喜んでもらえた。だれに見せるあてもない詩を三十年書き続けるには、よほどの誇りと夢が必要である。それを生んだのが、たったひとことの「大好き」なのである。

人から嫌われるほど悲しいことはない。だからみんな、嫌われないように精いっぱい勉強し、働き、奉仕し、それでも不安は消えない。そんな日々に突然訪れる、「大好き」。なんてことだ、わたしには好かれる価値がある！

ぼくもまた、何かを褒めるときは、客観的な批評だけではなく、それが「大好き」だ、と伝えるように心がけている。

いつまでも

恋をすると、人は「永遠」を思う。

大切な人と、木陰のベンチに並んで座っているとき。ふと会話が途絶え、鳥のさえずりが聞こえてくる。見上げると木漏れ日が揺れて、一瞬、何かすごく大事なことがわかったような気がする。この悠久の歴史の中で出会えた二人。この広大な宇宙の中で並んでいる二人。ほかの何にも代えられない、かけがえのないこの一瞬。そんな「今」をつなぎ止めようとするかのように、恋人たちは「永遠」を語り合う。

「ずっといっしょだよ」

「いつまでも愛してる」

もちろん、それはかなわぬ夢かもしれないという恐れは、ある。一度でも失恋を体験し、さらには何度も出会いと別れを繰り返せば、だれだって「永遠に君を愛す」などと口にするのを、ためらうはずだ。それでも勇敢な恋人たちが

「君といつまでも」と口走るのは、そこにこそ「すごく大事なこと」が秘められているのを直感しているからだ。れているのを直感しているからだ。すなわち、木陰のベンチが「永遠」への入り口であることを。

懐かしい写真を見ていると、何か不思議な感覚にとらわれることがある。そこにはまだ幼い自分がいて、無邪気に遊んでいる。学生時代の友人たちが、当時はやっていた服を着て、ピースサインをしている。今はどこにいるのかすら知らない恋人が恥ずかしそうにほほえんでいる。そんな日々が、たしかにあった。今はもう写真の中にしかない日々が。そういっているこの今だって、すぐに思い出のひとこまになってしまうだろう。やがては記憶も消え、写真も消え、後には何も残らない……。有限なる時の流れの中を生きているわたしたちは、ときにふと、そんなむなしい思いにとらわれる。

しかし、みんなあたりまえのように「過ぎ去りし日々」とか「二度と帰らぬ今日」などと言うが、日々は本当に過ぎ去るものなのだろうか。今日は決して二度とは帰らないのだろうか。もしかすると人間たちは「過ぎ行く時間」という夢を見ているだけで、定められたある日にくっきりと目覚めると、そこはすべての日々が祝福されて在る、永遠の世界なのではないか。古今の聖人たちが至福の神秘体験として一瞬かいま見てしまった天国とは、おそらくそのような永遠をはらんだ世界であったにちがいない。

大切な人を失うという喪失体験ほどつらいことはない。愛する恋人が去っていくという切ない体験から、愛する家族と死別するという残酷な体験にいたるまで、どれほど多くの人が、この喪失体験に傷ついてきたことだろう。その人にとってすべてであった存在を失い、それを二度と取りもどせないという絶望。だが、その絶望は、あくまでも「二度と取りもどせない」という大前提のもとでの絶望である。もしもそれが取りもどせるのだとしたら。失っていないのだとしたら。日々は過ぎ去っていないのだとしたら。だれもが「今」という一瞬に、すべての存在がともにある、「永遠」を生きているのだとしたら。

恋人たちよ、愛する人の瞳《ひとみ》を見つめ、臆することなく「いつまでも」と言ってほしい。愛は永遠と信じて、ともに木漏れ日を仰いでほしい。人を愛するということは、過ぎ行くかに見えるこの世界の一瞬と、永遠なる天を結ぶということなのだから。

○七○

わかるよ

だれかから「その気持ち、わかるよ」と言われて、思わず熱いものが込み上げてくることがある。他人から「わかるよ」と言われることが、こんなにもうれしいことなのか。特に、つらい気持ちを抱えてひとりで頑張っているときなんかには、そんなひとことで驚くほど心が軽くなる。

相手の気持ちがわかるという能力こそが、人のもつあらゆる能力の中で最も優れたものであることは間違いない。人間には運動能力、芸術能力、記憶能力など、だれもが憧れてやまない能力がたくさんあるけれども、なかでも最も価値があり、したがって最も憧れるべき力は、この共感能力なのである。ほかのどんな力がどれほど備わっていたとしても、この共感する力が欠けていたら、他人はもちろん、自分自身も決して幸せにできないのだから。

イエス・キリストは、律法の専門家から「あらゆる掟《おきて》のうちで、どれが第一でしょうか」と尋ねられたとき、こう答えた。

「第一に重要なのは『心を尽くしてあなたの神を愛しなさい』だが、もうひとつ、それと同じく重要なのは、『隣人を自分のように愛しなさい』である」

ここで注目すべきは、ただ「他人を愛しなさい」というだけではなく、「自分のように愛しなさい」というところだ。それは言い換えれば、相手の喜び、相手の悲しみ、相手の痛みまでも、自分のことのように感じなさい、ということである。現実には、そんなこと無理だと思うかもしれないが、この場合の「掟」とは、法律のように人間がつくったものというよりは、「大自然の掟」のような、この世の根本を支えている神の掟のことであり、無理だろうがなんだろうが、それができるか否かにすべての存在の意味がかかっているという、「黄金律」なのである。要するに、この世界をつくり、支え、そしてこの世界が最終的に目指しているのは、実は「共感能力」なのだ、ということである。

それはしかし、特殊な能力ではない。人として生まれてきたならば、だれにでも必ず備わっている力である。逆境の友人を助けるために、われを忘れて奔走する力。病気のわが子の苦しみを座視できず、「できるならば代わってあげたい」とまで思う力。この共感能力を眠らせておくことなく、常に養い育て、完成させていくことこそ、人類の目指すべき道なのではないか。「相手の身になる」という美しい日本語があるが、みんなが本当に互いの身になることができるようになったら、世界は瞬時に天国になるだろう。

その意味では、同じ痛みを背負った仲間ほどありがたく、尊いものはない。なにしろ共通の体験によって初めから相手の身になり、共感できるのだ。たしかにそれは本当につらい体験ではあったのだが、もしも、この世の究極の目的がこの「共感」であるならば、人と人とがそのような共通の痛み体験によってつながれることは、実は、とても天国に近いことだともいえる。そもそもこの宇宙は、とてつもなく大きく豊かな「共感」でつくられているのだから。

だれもわかってくれないと思っていた苦悩。絶望はいつだって孤独とともにやってくる。けれども、たったひとりで心を閉ざしているところに、もうひとりのだれかがやってきて、その手を握り、涙を流しながら言う。

「つらかったのね。その気持ち、わかるわ。わたしもおんなじだったから」

そのとき、人類は天国とつながっている。

いっしょに

「いっしょに遊ぼう」「いっしょに始めよう」「いっしょに生きていこう」だれかから「いっしょに」と言われると、うれしい。

小さいころからなんでも「自分でやれ」「ひとりでできるだろう」「他人に頼るな、甘えるな」と言われて育ったぼくたちは、「いっしょに」と言ってくれる他者がいることに励まされる。

小さいころからいつでも自分は仲間はずれで、忘れられていると感じて育ったぼくたちは、「いっしょに」と言ってもらうと、自分は独りぼっちじゃない、見捨てられていないと感じて、もうちょっと頑張れそうな気がしてくる。

「いっしょに」は、とってもうれしいだけでなく、とっても安心させてくれることばだ。

現代は、「いっしょ」の苦手な時代だ。一見なんでも横並びで「みんないっしょ」という気分に満ちているようでいて、それが実は「いっしょ」なんかじゃないことは、だれでも知っている。かつて「赤信号、みんなで渡れば怖くない」というジョークがはやったけれど、考えてみれば実際に危険が減っているわけではないのに「怖くない」と感じてしまうという意味では、実は相当怖い状況なのである。それはちっとも「みんなでいっしょ」じゃない。本当の「いっしょ」とは、もっと思いやりがあり、もっと忍耐強く、それゆえにもっと安心なことだ。赤信号で車にひかれてみればすぐわかる。「いっしょに」渡っていたはずのみんなは、われ関せずと立ち去るだろう。

よい親は「こうしなさい」「ああしちゃいけない」と、高みから発言しない。「いっしょにやってみよう」「お母さんも我慢するから、あなたも守ってね」と、いっしょの低い場所で発言する。

よい教師は「さあ、ここまでこい」「何でそんなことができないんだ」と、前方で叫んだりしない。「いっしょに歩いていこう」「おれも背負うから、おまえも頑張れ」と、いっしょの後方で励ます。

よいリーダーは「これに従え」「守れないものは去れ」と、特別席から命じたりしない。「いっしょなら、きっとうまくいく」「いっしょにやることに意味がある」と、自らいっしょの輪に入って鼓舞する。

たぶん人は、いっしょにいるようにつくられているし、いっしょにいるときにいちばんうれしくなるように定められているのだろう。旧約聖書の創世記によれば、神は初めひとりの人間を創造したが、やがてこう言う。

「人が独りでいるのはよくない。彼に合う助け手をつくろう」

そして、もうひとりの人間を創造し、二人をいっしょにいるようにしたとある。つまり、「他者」とは、「いっしょにいるべき助け手」なのだ。いっしょにいてもちっとも助けてくれない、と感じることもあるかもしれないが、よく考えてほしい。いっしょにいること自体が、すでに助けなのだということを。独りでいることはそれ自体がすでに「よくない」のだ。この世で、他者から言われて最もうれしいことばのひとつは、間違いなく「あなたといっしょにいたい」だと思う。

聖書にはイエスの別名として、「インマヌエル」という名が記されている。これは、「神はわれわれとともにおられる」という意味である。ともかく神は、どうしても、あなたといっしょにいたいのである。

ちゃんとやろう

父から学んだ、大切な教えがある。

「やるなら、ちゃんとやれ」

父の口癖だった。ただ言うだけでなく、ちゃんと身をもって示す人だった。

ぼくが小学生のころ、教会学校の夏のキャンプが、教会付属の幼稚園で行われることになった。といっても街なかの幼稚園であり、キャンプらしいことができない。キャンプの責任者だった神父が、いかにも神父らしい、浮き世離れしたことを口走った。

「この庭に、プールが欲しいな」

父は、「つくりましょう」と、答えた。

もちろん、金も人も時間もない。建設会社のサラリーマンだった父は、同僚に頼んで図面を引いてもらい、遊んでいた資材の提供を取りつけ、自ら鉄骨を組んでコンパネをはり、防水シートを敷きつめ、一昼夜かけて水を入れて、プールをつくった。強度も計算ずみの、ちゃんと泳げる大きなプールだった。見慣れた庭に忽然《こつぜん》と現れた、自分たち専用のプール。それは子どもたちにしてみれば、夢のような光景だった。

まぶしい日差しのもと、教会の庭で友だちと歓声を上げてプールへ飛び込んだあの夏の日を、ぼくは決して忘れないだろう。そのとき感じた喜びは、「友だちと水遊びして楽しい」というだけの喜びではない。「プールをつくってくれるほど、ぼくたちは愛されている」という喜びだったのだと思う。

ちゃんとしたことを、ちゃんとやる。それは、愛だ。ちゃんとしたことは、必ずだれかを喜ばせるから。だれかから、ちゃんとしたことをちゃんとしてもらうことほど、うれしいことはない。それは、自分は愛されていると知る体験にほかならない。自分のためにここまで本気でやってくれたという体験は、自分はそこまでしてもらう価値がある、と知る体験なのである。

宇宙物理学者や生命科学者が神の存在について言及するケースが多いのは、宇宙の仕組みや生命の神秘を知れば知るほど、すべてがあまりにも「ちゃんと」つくられていることに驚嘆するからだ。ちゃんとしているということは、ちゃんとしようとする意思があるということである。それを「神」と呼ぶか、「超越的宇宙意思」と呼ぶかはともかく、そんな意思が今も「ちゃんと」し続けていることだけは確かだ。今後さらに科学が進歩すればするほど、この世が一切手を抜かず、完璧にちゃんとしていることを、人類は知るはずだ。それはそのまま、われわれがそこまでしてもらうだけの価値ある存在であること、すなわち愛されている存在なのだと、知ることなのである。

ちゃんとしてないということは、愛がないということでもある。ちゃんとしてないから起きる事故。ちゃんとしてないから壊れる関係。いつだって、ちゃんとすべきことをちゃんとしないから、だれかが傷つく。

こんなことして何になるんだろうとか、うまくいかないからもうやめよう、などと半端な気持ちが忍び込んできたとき、父がちゃんとしてくれた数々のことを思い出して、つぶやく。

「オレも、ちゃんとやろう」

そんなぼくの「ちゃんと」もだれかを喜ばせるし、いつか、さらにすばらしい「ちゃんと」を生むと、信じて。

痛い！

およそいつの時代であれ、人が思わず口にすることばとしては、これに勝るひとことはないだろう。年齢、性格、国籍の関係なく、だれだって痛ければ痛いと叫ぶ。何があっても動じることのない悟りを開いた禅の高僧であっても、座禅を終えてすっくと立ち上がったときに、鴨居《かもい》に「ごん」と頭をぶつければ、きっと「あ、いたっ」と言うはずだ。

この世に痛みを感じない人はだれひとりいない。ということは、これほど普遍的な感覚はないということであり、その意味では「痛い！」というひとことは大変尊いことばだともいえる。すべての人が共感して分かち合えることばなのだから。「わが身をつねって人の痛さを知れ」ということわざがあり、ぜひテロと報復戦争で幕を開けた二十一世紀の標語にしたいところだが、実をいえば、今さらわが身をつねらなくても、みんな「痛い」ということがどういうことであるかは、いやというほど知っているはずなのである。問題は、現代社会がその痛みを徹底して避けるうちに、他者の痛みに鈍感になり、痛みが秘めているその真の意義をも見失ってしまったというところにある。

人は、痛みによって自分を知り、他者を知り、世界を知る。生きていくうえに欠くことのできない真の知恵は、すべてこの痛みが教えてくれるのである。うそだと思うなら、子どもを真綿でくるむようにして、全く痛みを感じないように育ててみればいい。そこには、自分を律することができず、人を思いやることも知らない悲しき人格が育つだろう。人間を育てるということは、人は痛みによって成長し、痛みによって結ばれるという痛みの価値をきちんと教え、痛みと恐れずに向かい合う力を育てることなのである。

痛みそのものに価値があると言っているのではない。痛いことはだれだっていやだし、痛みを避けることは人として当然のことである。そもそも人類は、痛い思いをできるだけ避けるために、さまざまな工夫をすることで文明を発達させてきたのであり、特に、医学の進歩により生命を維持する技術が発達してくると、痛みを取り除く技術もまた重要になってくる。患者の痛みへの配慮が足りない治療はもはや時代遅れであり、緩和ケアのありがたさは救われた当人がいちばんよく知っている。痛みによって人の尊厳が失われることすら現実にあることを知っているものとしては、「痛みの意味」などと簡単に言えないことは人一倍わかっているつもりである。しかし、痛みこそが愛をもたらすことを忘れて、ただいたずらに痛みを避けていたら、思いやる心が滅び、文明自体も滅びてしまうにちがいない。たぶん、人と人がきちんとつながるために、どれだけ痛みを引き受けられるかが、その文明の成熟度を指し示すのではないか。

「おなかを痛めたわが子」という言い方がある。わが子を愛する親心を表すには、このひとことで十分だろう。肉体的に精神的に、親がどれだけこの自分のために痛い思いを引き受けてくれたかで、子どもは親の愛を知る。愛とは相手のために痛みを引き受けることなのだ。十字架のイエスが痛みを引き受けている姿に、神の子たちはまことの親の愛を見て、生かされる。そして、自分の痛みもまた、だれかを生かすささげものだということを理解するのである。

痛みそのものは無意味でも、人がその痛みをだれかのためにささげるときに、痛みはこの世界で最も意味あるものとなり、美しい輝きを放つ。「痛い！」と叫び、涙を流しながらも、人はなおも生きることができるのだ、愛のために。

○八二

愛してる

ミュージカル「オペラ座の怪人」のラスト、指輪を返しにもどってきたクリスティーヌに、怪人が思いのすべてを込めて言う、「アイ・ラヴ・ユー」。脚本、演出、音楽、すべてがそこへ収斂《しゅうれん》しているこの「アイ・ラヴ・ユー」には、観るたびに泣かされる。

虐待された過去をもち、コンプレックスを背負って生きてきた怪人が、天使のような面ざしと清純な歌声のクリスティーヌにどのような思いを抱いたかは、一度でも恋をしたことのある人ならわかるはずだ。だが、このラストの「アイ・ラヴ・ユー」は、二人の関係が決定的に破綻《はたん》したことを怪人自ら悟り、二度と会うこともないと覚悟したうえでの「アイ・ラヴ・ユー」である。これはもはや、好きとか嫌いとかの領域を超えた、人間存在の根源からの叫びに聞こえる。人が生きるために、どうしても言わなければならないひとこととして。

神は人間を、ひとりでは天国に入ることができないようにおつくりになった。

天国とは神の愛そのものなのだから、愛を知らなければ天国に入ることができない。つまり天国に入るためには、どうしても「愛し合う他者」という鍵が必要なのだ。それは家族という鍵だったり、友人という鍵だったりするわけだが、なかでもひときわ美しく輝いているのが、恋という鍵なのである。

だれもが幼少時に「自分は愛されていない」と感ずる体験をし、「自分は愛される価値がない」という不安を抱え込む。だからこそ人間たちは、自分を愛して全面的に受け入れてくれる相手を求めて、切ない求愛を繰り返すのだ。親に無意識に反抗し、社会に過剰に適応し、友人に幼稚な甘え方をするのは、結局のところすべて求愛なのである。けれども、現実の他者は決して完全には受け入れてくれず、人はしだいに不安と孤独を増幅させていく。

そんなとき恋が世界を一変させる。恋は、「完全なる受容」という天国がたしかに存在していることをかいま見せてくれるからだ。その受容は多くの場合長続きはしないのだけれど、ひととき、たしかに手にしたその鍵でのぞいた天国は人に美しい希望を与えてくれるし、その希望こそが人生の意味そのものなのだ。恋の成就とは、実は結ばれることではなく、「完全なる受容」という愛の国の扉を一瞬でも開けることができたかどうかにかかっているのである。

物語では、クリスティーヌは怪人をおいて去り、美しい青年ラウルと結ばれる。だが、天国の鍵を手にした二人がその先どうなったかは、だれも知らない。一幕のラストでラウルがクリスティーヌに言う「アイ・ラヴ・ユー」が、いささか心もとなく聞こえるのは、手にした鍵の真の値打ちを、若き二人はまだ知らなさそうに見えるからだろう。

それに比べ、怪人の「アイ・ラヴ・ユー」が圧倒的な真実味をもって胸を打つのは、決して結ばれ得ぬ相手になおも言う「愛してる」だからだ。そこには永遠の香りがする。天国の気配がある。たぶん怪人は、特定の個人に向かってだけ言っているのではない。クリスティーヌも自分も、天使も悪魔も、希望も絶望も、すべてを含むこの現実そのものに叫んでいるのだ。「愛してる」と。

そのひとことを口にしたとき、彼は自分を受け入れたのである。自分を受け入れるということは世界を受け入れるということであり、世界を受け入れるということは、その生みの親の愛を受け入れるということである。

そうして天国の扉を開けたとき、人はついに、永遠なる「愛してる」を聞く。

待っててね

ぼくの父は、ぼくが二十一歳のとき、五十歳で死んだ。死因は肝臓ガンで、診断を受けて入院してから、半年で逝ってしまった。

五十歳は早すぎると普通なら思うところだが、この父に関して言えば、なすべきことをきちんとなした、鮮やかな人生だったと思う。妻を愛し、誠実に働き、子どもを成人させる責任を立派に果たしたといっていい。常々、子どもたちには「二十歳までは面倒見るから、後は自分で生きていけ」と言っていた父が死んだのは、末の息子であるぼくの弟の、二十歳の誕生日の三日後だったのである。

父は敬虔なキリスト教信者だったので、当然、永遠のいのちを信じていた。死は誕生であり、まことの親のもとへ生まれていくのだということを。しかし、実際に自らの死を目前にしたとき、彼はどう思っていたのか。その父の死んだ年に自分も近づくにつれ、そういうことがとても気にかかる。口数の少ない信念の人だったが、病室でポツリと弱音を吐いたこともある。おそらく、痛みと不安と戦いながら、必死に祈り続けていたにちがいない。

母もまた父と同じ信仰をもっており、父の痛ましい最期を、実にけなげにみとったと思う。とはいえ、しだいに衰弱していく父を前に、気の弱い母がどれほど心ちぢむ思いをしたことか。なすすべもない日々を支えていたのは、別れは滅びへの道ではない、天の再会への道なのだ、という信仰だけだったはずだ。もしも二人がそのような信仰に支えられていなかったら、父の最期はまた違ったものになっていただろう。

生きるということと、信じるということは、ほとんど同じことなのだと思う。天を信じ、天に向かう日々を信じること。ゴールのないマラソンに耐えられる人がいるだろうか。たとえ耐えたところで、それが何になるだろう。いつか夢のゴールにたどりつけば、テープの向こうに笑顔のみんなが待っていると信じてこそ、人は試練の日々に意味を与えられるのではないか。

父の病室の枕もとで、母はよく聖書を朗読していた。父は静かに目を閉じてそれを聞いていた。ぼくたち兄弟が小さいころも、母はよく本を読み聞かせてくれたものだった。ぼくが好きだったのは、子ども向けの聖人伝。なかでも、信仰を守って殉教した少年聖人のお話が好きだった。天を信じて、守るべきものを守る少年のさわやかな横顔。穏やかな母の声を聞きながらさまざまな光景を思い描いていると、なんとも言えない幸福な気持ちになったことを思い出す。父にとっても、母の朗読はどんな鎮静剤よりも効き目があっただろう。

臨終のときには、母は父の手を握り、歌をうたっていた。父の大好きな聖歌を、ゆっくりと、優しい声で。すでに意識はなかったが、父はたしかに聞いていた。たとえ意識がなくても聴覚だけは最後まで残っていて、ちゃんと聞こえているというではないか。愛する妻の歌声を聞きながら天にゴールできるなんて、なんと幸せな人生だろう。それは、最後まで信じた人生への、天からのご褒美だったのだと思う。

やがて、医者が「ご臨終です」と言って時計を見たとき、母は父の耳もとでそっとささやいた。

「待っててね」

父は間違いなく待っている。

目覚めるためのひとこと

あった！

この二十年間、毎夏、南の海の小さな無人島でキャンプを続けている。周囲二キロにも満たない小さな島で、十数名の仲間たちと沖の船からゴムボートで上陸し、白い砂浜にテント村をつくって一週間ほど暮らす。何のために、というよりは、そこにいること自体が目的といっていいようなキャンプだが、日中はほとんど、目前の美しい珊瑚礁《さんごしょう》でスキンダイビングをして過ごす。

ここで、だれもがはまって夢中になるのが、サザエ採りである。この近海のサザエは、通称チョウセンサザエと呼ばれるトゲのない種類で、小ぶりだが大変おいしい。日が暮れて浜で火をおこし、クーラーボックスから冷えたビールを出して乾杯し、今日採れたサザエを焼いて食べる充実感はなんともいえない。たぶん、自分で島へ渡り、自分で泳いで潜り、自分で見つけて採り、自分で火をおこして食べるという「生きる基本」のようなことが、何かとても原初的な喜びをもたらすのだと思う。

といっても、このサザエ採りが初心者にはなかなか難しい。初めは一日中探しても、ひとつも見つけられない。サザエは普通、珊瑚の付け根の入り組んだ穴の中にいるし、色も周りの色と全く同じ保護色の迷彩なので、一見しただけでは、たとえ目に入っていても見えないからだ。しかし慣れてくると、サザエ独特の丸みや細かい表面のしま模様の一部が、穴の透き間からちらりと見えるようになってくる。波に揺られながら無心に見渡していれば、むしろ向こうから目に飛び込んでくる。

「あった！」

この一瞬がたまらない。胸は高鳴り、目は輝き、大きく息を吸って潜り、波に揺られながら穴の奥のサザエを慎重に取り出す。まして、岩場の穴で巨大な五色エビを見つけたとき。砂場の迷彩で息を潜めるヒラメを見つけたとき！

都会で生まれ育った人間にとって、それは眠れる本能がよみがえる体験であり、ヒトという一匹の動物として生きる本質に連なる感動でもある。あたりまえと言えばあたりまえのことだろう。なにしろ人類は何十万年もこうして貝を拾い、魚を突き、木の実を集めて生き抜いてきたのだ。「あった！」という喜びがなければ、とうの昔に絶滅していたにちがいない。

何かを真剣に探し求め、それを見つける喜び。たぶん生きる意味とは、それに尽きるのではないか。しかも、人間の場合は、単に空腹を満たすために貝を探すだけでなく、まさに、それがすべての存在の付け根に秘められているような、尊い何かを探すように定められているのではないか。たとえば永遠の愛。たとえば闇にさす光。たとえば自分自身の尊さ。大宇宙の存在理由。至高の世界。天の国。そんなもの初めからないのだとうそぶくことは簡単だ。でも、ぼくは探したい。いのちがけで見つけたい。イエスの後ろ姿を追い、あらゆる現場へ出かけ、無人島にまで通いつめるのも、そのためなのだと思う。

それはきっと、もうすでに見えているのに、信じなければ決して見えない、世の初めから隠されているような神秘なのだろう。しかし、求めるものは必ず受け、探すものは必ずいつの日か見いだす。それを目のあたりにしたそのとき、人はもてる最高の笑顔で叫ぶことになるのだろう。

「あった!」

そのひとことのために、人は生きている。

やーめた

悪友にそそのかされて初めてタバコを吸ったのが、高校一年生の冬。以来三十年間、あの切ない煙を吸い続けてきた。その間、人からは煙たがられ、ときに自分自身も煙たくていやになり、何度やめようと思ったことか。特に近年、自由に吸える場所が激減してからは、なんだか喫煙者であるだけで損しているような気もしてきて、ますますやめたくなった。今は特に、禁煙運動の盛んな海外でそれを思わされる。

あれはロサンゼルスの空港だったたか、長時間機内で禁煙していたせいもあり、降りてロビーをうろついたが、吸える場所が見つからない。乗り継ぎなので、外にも出られない。出発まで長時間待たねばならない。焦って探し回っていると、なんだか工事中のようなところで屋外のテラスへ出られそうな扉があり、もしやと開けてみると、たしかにテラスへ出られたのだが、なんとそこには同じことを考えた先客が大勢いて、いっせいに煙を吐いていたのである。哀れなその集団は、まさしく囚人の集団だった。タバコに囚われた悲しき受刑者たち。そのとき、吸って晴らすストレスよりも、吸えずにいらだつストレスのほうが大きいという悲しき本末転倒に気づいて愕然《がくぜん》とし、本気でやめる決心をした。

しかし、およそ中毒というものは、決心などでやめられるものではない。すでにニコチンの奴隷となった脳は、あらゆる誘惑で禁煙に抵抗し、結局はやめられない無力感のため、かえって自己嫌悪を募らせる日々が続く。中毒とは、ひたすら脳の問題なのである。

ところがある日、すべてを解決する瞬間が訪れた。

その日、ぼくはガン専門の大病院で母親を手術室に見送り、さて手術が終わるまで一服と、地下の喫煙室でタバコをくわえたのである。火をつけようとしたとき、ふと、思った。

「今、母親が手術台の上でガンと戦っているというのに、息子がガンの元凶であるタバコを吸うのは不謹慎だ。せめて手術が終わるまでは我慢しよう。神さま、その代わり手術を成功させてください」

いわゆる、「願掛け」というやつである。ぼくは、くわえたタバコをそっと箱へもどした。

手術は無事成功し、麻酔からさめた母と二言三言交わして、病室を後にした。ほっとして、さあ晴れて一服と思い、喫煙室の前まできたとき、ぼくは突然つぶやいた。

「やーめた」

そして、祈った。「その代わり、母を治してください」

以来、今にいたるまで、一本も吸っていない。吸えるわけがないではないか。仕事がら、ぼくは中毒の闇がどれほど恐ろしいかよく知っている。薬物中毒、アルコール中毒、ギャンブル中毒。虐待、過食、拒食、リストカットなども広い意味で中毒である。重い中毒は人の脳をむしばみ、本人はもちろん、周囲も底知れぬ地獄へ巻き込んでいく。しかし同時に、その地獄の底から、妻のため、わが子のためにと、必死で立ち上がり、歩き出した人たちもたくさん知っている。人の脳は悲しくなるほど弱いけれど、そこにはとてつもなく尊いものも宿っているのだ。人間は、大切な人のために、小さな声でひとこと「やーめた」と言える生き物なのである。

ありえない

火山の噴火が好きだ。

不動の大地が鳴動し、噴煙を高く巻き上げ、灼熱《しゃくねつ》の溶岩がわき出るさまにうっとりする。母なる大地が太古より秘めていた尊いエネルギーを惜しげもなくあふれさせる姿は、まさに陣痛をものともせずにわが子を生み出そうとする母の姿であり、ぼくはそこに愛を感じる。

もっとも、噴火好きの難点は、めったに現場を見られないという点である。火山というものはそうそう噴火するものではないし、噴火したところでなかなか見に行けない。見に行けたとしても、そう簡単には近づけるものでもない。

それでも、雲仙普賢岳の大規模火砕流と土石流の直後には、レンタカーで作業車の車列に紛れ込んで現場に入り、圧倒的な自然の威力とその恐ろしさに震《しん》撼《かん》したし、北海道有珠山の噴火のときは、市街地のすぐ裏に出現した噴火口に最も近づけるところまで行き、立ち入り禁止ロープの前で丸一日飛び散る噴石を眺め、珍しい空振現象も直接聞くことができた。

二〇〇二年、ヨーロッパ最大の火山、シチリア島のエトナ山が噴火したときなどは、思わず飛んで行ったのはいいが、近くのカターニャ空港が降灰で閉鎖されたため、島の反対側のパレルモ空港に降ろされ、難儀した。ようやくたどりついた山のふもとから噴火を見上げたときのときめきは、忘れられない。頭上を噴煙が黒々と覆い、噴き上げる紅蓮《ぐれん》の炎が低い雲を赤く染めるようすはまるで天地創造のようで、ああ、ぼくらの星は生きている！　と胸が熱くなった。

誤解されたくないので言い添えておくが、ぼくは純粋に噴火が好きなのであって、災害が好きなわけではない。むしろ、被災地の悲惨さを目のあたりにした者として、災害の恐ろしさについては人一倍、現実感をもっていると言ってもいい。だが、あえて言わせてもらえば、火山に罪はない。彼女たちは何十億年も繰り返してきたことを、今日もまた繰り返しているだけのことである。イタリアのベスビオス火山の山頂から見下ろすと、灰に埋もれたポンペイの遺跡があまりにも近いので驚かされるが、もっと驚かされるのは、それより手前の山側に新市街が広がっている事実だ。火砕流の恐ろしさを知らぬわけではないだろう。自分たちだけは別と思い込む、人間の業《ごう》とでも言うしかない。

噴火を題材としたパニック映画などでは、たいてい、噴火の予兆を科学者たちが見過ごすシーンがある。彼らは固定観念にとらわれ、それまでのデータにあてはまらないものを認められない。そして、ついに大都市のど真ん中で噴火が始まったりすると、叫ぶのである。

「ばかな！　こんなところで、ありえない！」

いうまでもなく、人間の「ありえない」ほど、あてにならないものはない。よく天災で大勢の人がいのちを落としたりすると、「神はなぜこんな残酷なことをなさるのか」などと言う人がいる。しかし、現場の事情を正確に知れば、それらはすべて人災であることがよくわかる。「そんな雨が一度に降るなんて、ありえない」「そんな大きな津波がここにくるなんて、ありえない」。人びとは傲慢にもそう思い込んで用意せず、過去の経験に学ぼうとしない。むしろ神は、そんな災害から守るためにこそ、人間に愛と知恵を授けたのではなかったか。

そもそも、この星の出来事について「ありえない」と言い切れるのは、この星をつくったものだけのはずなのに。

もったいない

子どものころのわが家は、文字どおりの「狭いながらも楽しいわが家」であり、六人家族でつつましく暮らしていた。どんなに狭くとも、工夫しだいでなんとでもなるものである。亡き父は得意の日曜大工で棚をつったり二段ベッドをつくったりし、母もしょっちゅう押し入れの店開きをしては、片づけ物をしていた。しかし、その片づけに関する考え方は、夫婦で微妙にずれていた。

母はやはり主婦感覚とでもいうのだろうか、物を長く大切に使いたいと考え、何でもとっておこうとする。父はこだわりのない合理主義とでもいうのだろうか、不要なものはとっておくほうが無駄だと考え、何でも捨てようとする。そんな二人の、大掃除でのささやかなやり取りが、今でも懐かしい。

「おい、これなんだ?」

「あっ、それ、お客さんがきたときに使う……」

「一年以内に使ったことあるか?」

「ないけど……捨てたらもったいないわ」

「置いとく場所のほうがもったいないだろ」

そうして、母の惜しそうな視線の中、縁薄き物たちが捨てられていく。もっとも、捨てたはずの物がいつのまにかまた、母の手でそっとしまわれていることも珍しくはなかったが。

物がもったいないか、空間がもったいないか。さしたる大問題ではないかもしれないが、なんだか気になるテーマではある。

「コンタクト」というハリウッド映画の冒頭に、興味深いやり取りがある。

この映画は、宇宙のどこかに必ず知的生命体がいると信じて、電波でコンタクトを取ることに全精力を傾ける女性科学者の物語だが、彼女がそう信じるようになった幼いころのいきさつが、冒頭で紹介されるのである。

彼女が父親に尋ねる。

「ねえ、宇宙人って、いるのかな」

「きっといると思うよ」

「どうしてわかるの?」

「だって、だれもいなければスペースがもったいない」

「空間」と「宇宙」、両方の意味をもつ「スペース」を用いたしゃれた答えで、心に残る。そのやり取りの直後、父親は心臓発作で倒れて亡くなり、やがて彼女は父不在の心のスペースを埋めようとするかのように全宇宙の探索を始めるのだが、この場合の「スペースがもったいない」とは、どういう意味か。それは、究極的に言えば、もし人間（宇宙人）がいなかったら、この宇宙の意味がないということだろう。彼女が必死に探しているのも、実は亡き父なのだといってもいい。父親のいないスペースには意味がないというかのように。

人間の意味とは何か。この普遍的な問いに答えるのは難しいが、逆にこうは言えないだろうか。あらゆる存在に意味を与えるのが人間である、と。この自分がいなければ、スペース全体の意味がない、と。そんな自分の、宇宙にも勝る値打ちに気づかずにいるならば、それこそ、何にもまして「もったいない」

ぼくの父が言っていた「場所のほうがもったいない」も、どんな物よりも人間自身が大切であり、家族の暮らす「スペース」を大切にしたいという思いが込められていたのだと思う。

ここだったんだ

一〇二

一九七三年の九月二十二日、土曜日の夕方、うたた寝をしていて不思議な夢を見た。

ぼくは一枚の地図を見ている。ちょうど冒険小説の宝島の地図のような感じで、小さな島が描かれている。その地図の島をじっと見ていると、なぜか本物のその島が見えてくる。青い海に囲まれ、白い砂浜が広がり、中央にひょうたん型の緑の丘がある。なぜか、とても懐かしい。ふいに母の声がする。

「あなたは赤ちゃんのとき、その砂浜にたったひとりでいたのを発見されたのよ。当時は大ニュースで、世界中の人が知ってるわ」

そうか、どうりで懐かしいはずだ、そういえば昔と変わってないなと思う。ただ、そのころより少し砂浜が広がっているような気もする。そうだ、ここにみんなを連れて帰らなきゃと思う。ふと気づくと、ぼくはその砂浜に立っている。そして、感激のあまり泣いている。心が叫んでいる。

「ここだったんだ！　ここだったんだ！」

そこで、目が覚めた。

目が覚めても胸はどきどきし、感動と興奮が収まらず、目じりには実際に涙も浮かんでいた。高校一年のときのことである。なぜ日付まで正確に覚えているかというと、その夢のことが細かく日記に書いてあるからだ。島のようすも簡単な地図のように書き留めてあり、「起きてしばらくは、現実が遠い世界に見えた。冒険がしたくなった」と書いている。

十四年後、一九八七年の八月、その春に司祭になったぼくは、たったひとりだけ信者がいるという南の海の小さな島を訪ねる旅をした。

そろそろ目指す港に着くというころ、甲板で海を眺めていると、船は小さな島の横を通り過ぎた。真っ青な海に囲まれ、真っ白い砂浜が広がり、真ん中にひょうたん型の緑の丘がある。天から落ちてきたかのような美しいその島に心奪われて見とれているうちに、突然、雷に打たれたように、すっかり忘れていた夢のことを思い出した。

「あの島だ！　間違いない、いつか夢で見たあの島だ！　ここだったんだ！」

こんなことがあっていいのだろうか。まさに正夢ではないか。

感激したぼくは、地元でその島のことを細かく調べ上げた。そして、そこが無人島でめったに人は渡らないこと、周囲は潮の流れの速い難所であること、もちろん港はなく大潮の満潮時以外は舟で近づけないことなどがわかると、その年はあきらめて東京に帰り、仲間を募って装備を整え、アマチュア無線の免許を取り、翌年の夏の大潮の満潮時、ついにその島に渡ったのである。

その数日間のことは生涯忘れない。そこは、文字どおりの天国だったのである。天地創造そのままの聖域。透明な海、満天の星、海亀の上がる白い浜。以来毎夏、みんなを連れてその島に通い続けている。いや、帰り続けている。どうして「ここだった」のか、その秘密を知りたくて。

答えは、いまだに見つからない。たぶん天国の秘密を知ることは、人間にはゆるされていないのだろう。けれども、あの島のおかげで、この世に「天国の入り口」があることを疑わなくなったのは確かだ。そして、だれもがいつの日か用意された入り口をくぐり抜け、人の手によらない聖域に生まれ出て、「ここだったんだ！」と叫ぶ日がくるということも。

わあ

　年を取るとともに、時間のたつのが早く感じられるというのは、だれでも経験することだろう。実際、子どものころは時間がもっとゆったり流れていた。一週間はたっぷり長かったし、一年先なんて遠い未来のように感じられたものだ。それが大人になった今は、あっというまに一週間が過ぎ、気がつくともう一年たっている。

　これは単なる錯覚ではなく、脳の仕組みがそうなっているからだ、という説明を聞いたことがある。

　その説明によると、そもそも時間の感じ方は時計で刻むようなものではなく、その時間内に脳が何回強い印象を受けたかという回数による。「わあ、きれい」とか「わあ、おもしろい」などと、脳が驚きや感動を感じると、それは脳の中の「海馬」という器官のフィルターを通過して脳の深みに達し、意味のある記憶となって、いわば「カウント」される。脳はその「わあ」のカウント量で時間を感じるので、カウントが多いほど時間は長く感じられ、カウント量が少ないと時間は早く過ぎてしまう。子どものうちは未経験なことが多いので、必然的に「わあ」が多く、時間も長く感じられる、というわけだ。

たしかに、子ども時代は見るもの聞くものが初めてで、何もかも新鮮であり、一日中、一年中「わあ」と思っていた。ぼくは今でも、家の近くの公園で友だちとミノムシを見つけたときのことを覚えている。たくさんぶら下がっている奇妙な光景にわくわくしたし、そのひとつひとつに虫が入っていることにときめいた。

「わあ、何これ!」「わあ、中に虫が入ってる」「わあ、動いた!」「わあ、こっちにもいた」「わあ、いっぱいいる!」。これで、五カウント。一日が長いわけである。

しかし、大人になった今、視界にミノムシが入ってもそれをミノムシであると認識はするが、もはや「わあ」とは思わない。それはつまり、五カウントぶん時間が早く過ぎてしまったということだ。大人になるとあっというまに月日が過ぎてしまうのも、当然のことである。もったいない気もするが、「慣れる」とはそういうことなのだ。無論、この忙しい毎日の生活の中で、ミノムシを見るたびにいちいち「わあ」なんて言ってられないというのも事実だが、下手をするとまる一日「わあ」がない日もありうるし、もしもそれが続いたらどうなるのだろう。かりにそれが三百六十五日続いたなら、そのような時間感覚という意味では、その一年はなかったも同然ではないか！　ああ、恐ろしい。

しかし、ならば逆に、人生を「わあ」でいっぱいにするならば、時間は無限にあるということになる。その「わあ」も、何も特別な出来事を求めなくとも、そんなまなざしさえあればすぐ身近に「わあ」があふれていることに、それこそ「わあ」と驚くはずだ。人生に慣れてしまわず、まるでこの星を初めて訪れた宇宙人のように、見るもの聞くものを新鮮に受け止めることができるなら。存在の神秘に打たれて、子どもの魂で「わあ」と言えるなら。いつもそんな一瞬を生きるなら、「永遠」まであと少しなのかもしれない。

ある日、目の前にミノムシがいる。それはやっぱりすごいことなのだ。

「わあ、ミノムシだ。久しぶりに見たなあ。木枯らしに震えて、オレみたいだな。おい、頑張れよ。もうすぐ春がくるからな」

ちょっとそこまで

かつて日本中で、ごく普通に交わされていたあいさつに、こういうやりとりがあった。

道でご近所同士がすれ違うときに、片方が尋ねる。

「どちらへ？」

尋ねられた人は、ほほえんで答える。

「ちょっとそこまで」

なんということのないやりとりだが、いかにも日本的で奥ゆかしいあいさつである。近年廃れつつあるが、失ってしまうのは惜しい気がする。

この「どちらへ？」という問いは、ただの好奇心から尋ねているのではない。かつての地域共同体は互いに関心をもち合い、いざというときには助け合うことで成り立っていたのだから、隣人がどこへ出かけるかを尋ねるのはごく自然なことであり、むしろ声をかけ合うことが礼儀でもあったはずだ。「畑の草刈りなんですけど、これがなかなか大変で」と言えば、「それじゃ、後ほどお手伝いに寄りましょう」となり、「母の具合が悪くて、しばらく実家に帰るところです」と言えば、「それじゃ留守中、ご主人とお子様大変でしょう、ときどきごようすを伺いにお寄りしますね」ということになる。つまり、この「どちらへ？」というさりげない質問には、（大丈夫ですか、何かお手伝いできることがありますか？）という温かい思いが込められているのである。

それに対して、特別な事情の何もないときには、「ちょっとそこまで」と答える。これは、（ごく普通の用事ですから、何も問題はありません。お手伝いいただくほどのことではありませんからご心配なく）と感謝を込めて答えているのであって、じゃあ「ちょっと」とはどのくらいの距離か、「そこまで」とはどこまでのことか、などと聞き返すのは、やぼというものだろう。

尊敬していたひとりの修道女が重い病気になり、亡くなる直前にお訪ねしたことがある。ＣＤの制作からイベントのプロデュースまでこなすマルチな才能をもった彼女は、多くの尊い仕事をこなし、みんなから愛されていたが、若くして病に倒れたのである。自分の病気がもう治らないとわかってからも、何事もないかのように働き続ける姿は、すがすがしくさえあった。彼女は、複雑な思いで訪ねてきたぼくの気持ちを察して、先回りしてこう言った。

「心配しないで。ちょっと天国までお引っ越しするだけだから」

なんと奥ゆかしいことばだろう。何か励まさなくては、などと考えて身構えていたぼくに、（ちょっとそこまで行くだけよ。神さまのなさるごく普通のことだから問題ないわ。わざわざお手伝いいただくほどのことじゃないから、ご心配なく）と言っているのである。そう言って、少女のようにほほえんだその笑顔に、ぼくは今でも励まされている。

人生が旅路である以上、助け合い励まし合う仲間が必要だ。しかし、それもこれも、目的地までの間のこと。いよいよその目的地目前へ到達したとき、人はもはや助け合う必要がない。だって、もう着いたのだ。そして、だれであれ、「天国へのお引っ越し」はひとりでしなければならないのである。

すべての人が、いずれは必ず迎える「お引っ越し」の日。恐れることも、あわてることもない。その日をごく普通に迎えようではないか。人生の途上、「どちらへ？」と聞かれるならば、さわやかに答えたい。「ちょっと天まで」と。

わかった！

かの天才アルキメデスは、風呂に入っているときに、あの有名な「浮力の法則」を思いついた。水の中の自分の体積分だけ軽くなるという、美しくもシンプルなこの法則を思いついたとき、彼は、「わかった！　わかった！」と叫びながら裸で街を駆け回ったという。

その気持ちは、よくわかる。何かが「わかる」という喜びは、他のどんな喜びにも勝る特別なものだし、それを一刻も早くみんなに知らせたいという気持ちは、凡人のわれわれにもよくわかる。

悲しいほどつまらない例だが、友人の顔がだれかに似ているような気がして気になってしようがない、なんてことはないだろうか。だれに似ているのか、いくら考えてもわからず、ずっと頭の中でもやもやしていたのが、ある日街を歩いていて、看板を見上げて突然思いつく。

「これだ、グリコのマークの人だ！」

目からウロコとはこのことか。頭の中は霧が晴れたようにすっきりさわやか、感動のあまり思わず本人にメールを打ったりする。「君、グリコだよ!」

このわかった瞬間の喜びというのは人間独特のものだろうし、もしかすると人間を人間にしている根本的なところにかかわっているのかもしれない。サルも温泉に入るけれど、そこで自分の体が軽くなるわけを思いつく人類との間には、決定的な越えられぬ隔たりがある。たぶん人間は、ひとこと「わかった!」と叫ぶために生まれてくるのだろう。

学生時代、今にして思えば、ぼくは何もわかっていなかった。まず自分がわからない。まして他人がわからない。当然人間がわからない。そもそもこの自分がなぜ存在するのかさえわからない。哲学や神学の本を読みあさったりもしたけれど、ますますわからない。そのわからなさの根源は、突き詰めれば「神とは何か」と、「愛とは何か」の二つに絞られる。

みんなあたりまえのように「神」と言うけれど、それは何を指しているのか。あるいは何を指していないのか。それは存在しているのか。そもそも存在という概念でとらえられるものなのか。存在しているとしても、このわたしという存在とどんな関係にあるのか。考えれば考えるほどわからない。わからないなら、まして「神を信じる」ことなど、できるはずもない。熱心なキリスト教信者の両親のもとで育ったぼくにとって、神を否定することは自分も世界も否定するようなもの。その神が何かわからないのでは、生きていけないではないか。

また、みんな簡単に「愛」と言うけれど、それは何を指しているのか。本当に真の愛が存在するのか。考えれば考えるほどわからない。孤独の底で愛を求めて得られず、家族に失望し恋愛に傷つく人間たち。当時のぼくにとって、それは本当に切実な問題だった。自分は人を愛することができるのか？　自分は愛される価値のある存在なのか？　最も必要で、最も求めている愛なのに、その愛が何かわからないのでは、生きていて何の意味があるだろう。

そんなある日。ある教会の壁に、新約聖書の「ヨハネの手紙」の一節が額に入れて飾ってあるのが目に留まった。それを目にしたとき、一瞬のうちに頭の中が一点の曇りもなく晴れわたる快感を味わった。そこにはこう書いてあった。

「神は、愛」

ぼくの心が、「わかった！　わかった！」と、叫んでいた。

安らぐためのひとこと

だいじょうぶだよ

「だいじょうぶだよ」と、だれかにそうひとこと言ってもらいたいときがある。自分の力ではどうすることもできない、苦難のとき。無力感に支配され、恐れの闇に飲み込まれそうなとき。人は、わらをもつかむ思いで、安心できるそのひとことを求めている。

以前、『だいじょうぶだよ』というタイトルの詩集を出版した。つらい思いを抱えて救いを求めている人のために、慰めとなり支えとなる詩集を、という目的で、三十二の詩を書き下ろした。巻頭に「だいじょうぶだよ」という詩をおいて、その初めの一行を「だいじょうぶだよ」とし、巻末の詩の最後も「だいじょうぶだよ」という一行で終わるような構成にした。要するに、詩集自体が読む人に「だいじょうぶだよ」と語りかけているような、そんな本にしたかったのである。

つらい思いをしている人は、多くの場合、本を読むような余裕はない。特に病気のときや精神的に落ち込んでいるときは、難しい本や長い文章を読むのは苦痛ですらある。どんなにすばらしいことが書いてあっても、読まれない文章には何の意味もない。その点、短いエッセイや詩はつらい人向きではあるが、それすら難しい、ということも珍しくはない。体調が悪いときなど、たとえ詩集を開いても、最初のひとつしか読むことができないこともあるだろうし、ときには、最初の一行しか読めないということだってあるのではないか。詩集の最初に「だいじょうぶだよ」という詩をおき、そのまた最初の一行を「だいじょうぶだよ」で始めたのは、そんなぎりぎりの現実を生きている人にも、このひとことを届けたいという思いからである。

さらに言えば、その詩集を開くことすらできないという人もいるかもしれない。そんな人でも、何かのはずみに、かろうじてタイトルくらいは目にするはずだ。だから、タイトルも「だいじょうぶだよ」

長くつらい闘病生活。もうだめだと望みを失いかけ、ふと枕もとを見ると、友人がおいていった本がある。「だいじょうぶだよ」

大切な人を失い、生きる気力も失った夜。ふと目に留まった本棚の隅に、小さな一冊の本がある。「だいじょうぶだよ」

しかし、ではいったい、何を根拠に「だいじょうぶ」なのか。いかなる権威で「だいじょうぶ」と言えるのか。その「だいじょうぶ」は、いったいどこからくるのか。もうだめ、というときに、なおも語られる「だいじょうぶだよ」は、どこから生まれてくるのだろう。

それは、そのひとことを必要としているその人の痛みを、すべて知っている方からきた、究極の「だいじょうぶだよ」である。たしかに、そう語り、そう書き記したのはひとりの人間ではあるけれども、それが人間を超えたところからきたのでなければ、何の意味があるだろう。そんな究極の「だいじょうぶだよ」でなければ、だいじょうぶじゃないことを、みんな知っているのだから。どんなに偉い人がだいじょうぶだと言い、どれほど医者がだいじょうぶですよと言ったとしても、それは、結局は不完全なるこの世の「だいじょうぶ」なのであって、ちっとも安心できないではないか。

世界を生み、このわたしを生んだ方からくる究極の「だいじょうぶだよ」。それは、世界が産声を上げたときからずっと響いている。

なんとかなるさ

悲観主義者は言う。

「もうだめだ」

すると楽観主義者が言う。

「だいじょうぶ、なんとかなるさ」

悲観主義者はいらだつ。

「無責任なことを言うな。なんとかなるって、どうなるんだ」

楽観主義者が答える。

「どうなるかなんてわからない。でも、なんとかなる」

不毛なやりとりに聞こえるかもしれないが、この会話には、重要な秘密が隠されている。

だれであれ、明日どうなるかを知ることは、人間にはゆるされていない。明日どころか、一秒先のことだって、確かなことを言える者はだれもいない。予言をする者はあっても、そのときがくるまでは何だって言えるし、何だって言えるということは、何も言っていないに等しい。それこそが、決して後もどりしない「時間」の神秘であるが、この世界がここまで完璧に明日がわからない仕組みにつくられているということは、「わからない」ということ自体に、何か特別な恵みが隠されているということなのではないだろうか。この世の創造主は、何か愛に満ちた深いわけがあって、この世界をそのような予見不能なる仕組みにつくったのだ、と考えたほうが自然ではないだろうか。そして、そのわけとは、「信じる」という喜びを与えるため、とは考えられないだろうか。

有名な、「たとえ明日終末がこようとも、今日わたしはりんごの木を植える」というフレーズがある。だれが言ったのか、平常心の尊さを思わせる含蓄のあることばだとは思うが、なんだか引っかかる。後半のりんごはいいとして、前半の仮定が引っかかる。なぜ明日が終末だとわかるのか？　だれが、何を根拠にそう言っているのか？　この人はその仮定を疑わずに、植えるのか？　そもそも「終末」とは何のことか、だれが説明できるのか？

もちろん、これは単なる言い回しなのであって、そんな疑問が無粋であることは百も承知だが、こんな言い方ならすっきりする。

「たとえ明日『終末』がくるとすべての学者が言い、すべての人がそう思い込んだとしても、わたしは明日があると信じて、今日りんごの木を植える」

明日は、わからない。もしわかってしまったら、今日の意味がなくなるということを、どれだけの人が理解しているだろうか。明日はわからないからこそ、信じることができるのであり、信じることが人生のすべてなのだ。だれがどんなに暗い予言をしようとも、状況がどれほど悪化しようとも、明日を思い煩わず、明日を信じて今日を生きることが、生きることのすべてなのだ。

お気づきだろうか。実は冒頭の会話は、いつもわれわれの心の中で交わされている自問自答である。特に、悪い病気を宣告されたとか、勤め先が倒産したとか、何か大きな試練に襲われたとき、この悲観と楽観が対峙する。そんなときに、こう思ってほしい。「明日のことはわからない。わからないことはすばらしい。きっとなんとかなると信じられるのだから」。そう信じたときこそ、人は生きるものとなる。

そして実際、なんとかなる。

二二二

ただいま

「ただいま」と言って帰るところがある人は幸いだ。どんなに傷ついていても、どれほど疲れていても、そこに帰れば待っていてくれる人がいて、何の心配もなくくつろげるところ。どんなに長い間道に踏み迷い、どれほど放浪を重ねたとしても、そこに帰りさえすれば何も言わず迎え入れてくれる人がいて、重荷を全部下ろせるところ。

現代の若者たちの最大の心の叫びは「居場所がない！」だという。その気持ちはよくわかる。たとえ健康と才能に恵まれ、モノとカネがあまっていたとしても、自分の居場所がなければ心が休まることは決してないのだから。街にこれほど若者があふれているのは、実は街が楽しいからではなく、自分の家にすら居場所がないからだ。路上に座り込む若者たちが一様に寂しそうなのも、当然のこと。仲間で安心してくつろげる居場所があるなら、だれが好き好んで冷たいアスファルトに座るだろう。

ぼくが育った家は、自慢の居場所だった。なぜなら、家族だけでなく、家族の大勢の友人たちにとっても、居場所だったから。

もてなし上手の両親と招き好きの子どもたちのおかげで、わが家は出入り自由のたまり場となり、狭いながらも常に人でいっぱいだった。ぼくの学生時代には、訪れた人のサイン帳が年間千人を越えたこともあったほどである。「十回宿泊で専用歯ブラシプレゼント」なんて特典もあり、用もないのにみんな暇さえあればやってきた。人がくれば、父は「食べていけ」と飯を勧め、母は「泊まっていけば」と布団を敷く。風呂に入る人、酒を飲む人、マージャンをする人、朝まで語り明かす人。今にして思えば、あのころのわが家は天国だった。無論、両親の忍耐と犠牲は実は相当のものだったはずだが、言うなれば天国への奉仕である。むしろ義務だとさえ思っていたふしがある。

そんなわが家がぼくは好きだった。友人たちがわが家に「ただいまー」と言ってやってくるのが好きだった。そして自分もまた、そんな居場所をつくりたいと夢見ていた。その夢は今、教会という、みんなの居場所への奉仕で実現している。なにしろもてなすことに関しては、子どものころからのたたき上げである。お手のものといっていい。秘訣はたったひとつ。訪れた人が「わたしはここにいてもいい」と思えるように、自分の場所を少しだけ削ること。

この世の天国に身を削って奉仕した父は、やるだけのことを精いっぱいやって、本当の天国へ帰ってしまった。そこは、最後にみんなが「ただいま！」と帰りつく、本当のわが家である。そこで、自分がしてきたことがそんな最高の「ただいま」への奉仕だったと知って、感動しているにちがいない。

わが家によくきていたひとりの友人の親から、わが家へのおしかりの電話をちょうだいしたことがある。

「うちの子が毎日のようにお宅に入り浸っていて、わが家にちっとも帰ってこない。いったいお宅はどういうつもりなのか。非常識極まりない。ちゃんと帰るように息子に言っていただきたい」

そのとき電話に出たぼくの父は黙って聞いていたが、「そういうことは、本人に言ってください」と言い、ひとことつけ加えた。「お子さんが帰ってきたくなるような家になさったらどうでしょうか」

おやじ、かっこいいぞ、と思った。

カワイイ

タイトルをカタカナ表記にしたのは、このことばの意味がかつての「かわいい」から微妙に変容しているからであるが、さらにそれが、いまや国際語になりつつあることも表している。なにしろ、地球上で日本人観光客のいないところはないという現在、大量の若き日本女性が、全世界の津々浦々で日夜この謎のことばを発し続けているのだ。

「キャー、これ、カワイイ!」

「やだ、チョーカワイー」

「ってか、ちょっとこれ見てよ」

「(全員で)カーワイー!!」

外国人の耳にとまらないはずはない。しかもいまや、「manga」などでそんな日本発の少女文化の洗礼を受けた諸外国の少女たちもまた、すでにそのニュアンスを正確に理解して「kawaii」を使い始めているという。

彼女たちが、あらゆるものの中に、ある種の人格的な愛らしさ、いとおしさを見つけて愛でているのは確かだ。それはしかし、今に始まった特殊な感性ではない。「かわいい」の歴史は古く、室町時代は「哀れだ、かわいそうだ」、江戸時代は「いとしい、大事にしたい」の意味で使われ、明治以降に現代の「愛らしい、小さくてかわいらしい」の意味で使われるようになった。多少のニュアンスの違いはあるにせよ、いずれも、ちょうど生まれたての赤ちゃんを抱いた母親の気持ちのような、人間のもつ最も根源的な慈しみの感情であり、それは時代も文化も超えた、優れて普遍的な感性にほかならない。

では、なぜそれが現代日本で、とりわけ少女たちの間で、ことさらのように用いられるようになったのか。おそらくそれは、現代の日本において極まっている都市文明、物質文明と無縁ではないと思う。

ヒトも動物である以上、種の保存の本能をもっている。幼いいのちや小さな生き物をかわいいと感じ、守り育てようとし、それを実際にかわいがることで喜びを感じるのも、そのためだろう。ところが、都市化が進んだため、かつては身の回りにふんだんに息づいていた「かわいい」生き物たちと出会えなくなり、さらには少子化と核家族化が進んだため、かつてはあたりまえのようにいた「かわいい」赤ちゃんや、「かわいい」おばあちゃんがいなくなり、「かわいそう」とか「いとしい」とか感じる機会が圧倒的に少なくなってしまった。

実は、現代の消費社会にあふれる小物商品やキャラクターは、その代替物なのであり、彼女たちがそんなつくられたかわいさであっても必死に飛びつくのは、本能的にいのちの根源に触れる「かわいさ」に飢えているからではないか。赤ちゃん顔のキューピー人形を手に「カワイイ!」と叫んでいる女子高生を見ると、ぼくには「お願い、本物の赤ちゃんを抱かせて! もっと本気でかわいいと叫ばせて!」と言っているように聞こえて、切なくなる。

とはいえ、そんな彼女たちが「かわいい!」を連発している間は、人類も安泰である。弱くて小さな存在をいとしく思うその愛情こそが人類を守ってきたし、これからも守っていくからだ。それらはすべて、弱くて小さな人類ひとりひとりを慈しんで生み育てている、神からの「かわいい」に連なっている。

「もっとかわいくなりたい」なんて思っている人に。あなたは、十分かわいいよ。そんなにも小さく、そんなにもはかないいのちを生きているのだから。

すごい

この世で最も「すごい」ことは？

それはやはり、この大宇宙の存在、と言う人が多いだろう。たしかに、生まれてこのかた、いろんな「すごい」ものを見聞きして感動し、すごい、すごいと言ってきたが、満天の星空を仰いだときに思わず口をついて出る「すごい！」は、別格だという気がする。

「地球上の砂粒の数と、宇宙の星の数では、どっちが多いか」という議論をしたことがある。どうでもいい話題のような気もするが、友人たちとの酒の席ということもあって、妙に盛り上がった。

砂粒派は、そりゃあ、砂粒のほうが多いだろうと言う。

「だって、江ノ島の海岸だけだって相当だよ。海の底にもいっぱいあるし。砂漠の砂の細かさを考えてみなよ。サハラ砂漠になんて何粒あると思う？」

一方、星派は、この大宇宙をなめちゃいけないよ、太陽系だけでも小惑星がいくつあるか知ってるのか、などと応戦し、それじゃ専門家に聞こうじゃないかということになり、知人の宇宙物理学者にその場で電話して尋ねたところ、返事は明快だった。

「圧倒的に、星です。そもそも宇宙は開放系ですから、可能性は無限です。閉鎖系の地球上の数値など比較になりません」

すごい。地球上の砂粒よりも多い星々。新たな星たちが今日も無数に生まれ続けている、生きている大宇宙。すごい。

どうでもいい話題ついでだが、ぼくの理想の死のひとつは、隕石にあたって死ぬことである。病気や事故だと心残りな気もするが、隕石ならあきらめがつく。だれのせいでもないし、防ぎようもない。むしろ、何億年もこの宇宙を飛んできた星くずが、わざわざこのぼくにあたってくれるなんて、名誉な気さえする。ただし、正面から飛んでくるのは困る。こっちへ飛んでくるのが見えるのは怖いし、思わずよけてしまって別の人にあたったりしても悔いが残る。理想は、こぶし大の小さめの隕石が後ろからひそかに飛んできて、いきなり後頭部に「ゴン」、である。これはすごい。自分にそれが起こる確率は、一兆×一兆分の一くらいか？　いずれにせよ、宇宙的な最期というべきだろう。

しかし、ふと考えてみる。元来この地球の素材は、宇宙の塵や隕石でできている。今はさまざまな生物が繁殖して複雑な生態系へと進化しているが、それらの素材となっているのは、もとはといえば、すべて宇宙を漂っていた星くずなのである。つまり、このわたしは星くずでできているのであって、そう考えると隕石にあたって死ぬほうが、なんだか本来的なような気がしてくる。人間は星くずの集まりとして、宇宙で生まれ、宇宙で死ぬのだから。

その意味では、人間もひとつの星なのかもしれない。そして、宇宙を見上げて「すごい」と言えるわたしという星こそが「すごい」という気がする。すごい宇宙を「すごい」と思えるこのわたしが、たしかにここで生きていることが、隕石にあたって死ぬよりも奇跡的な「すごい」ことだという気がする。実はこの世で最もすごいことは、自分がいる、ということなのではないか。

と、ここまで書いてきて、ふと、すごくすごいことを考えてしまった。

では、宇宙全体の砂粒の数は？

すごすぎる。

しみじみする

以前にエッセイ集『星言葉』で、「しみじみ教」について書いたところ、意外な反響があって驚いた。「わたしもしみじみ教に入りたい」というお手紙をいただいたり、話している相手が急に声をひそめて、「実はわたしもしみじみ教徒です」と言い出したり。別に隠すようなことでもないのだが。

ちょっと説明しておくと、しみじみ教とはぼくが始めた教えで、「いつでも、どこでも、どんな場合でもしみじみすべし」という唯一の教義があるのみで、教団も儀礼もない。たぶん、「しみじみすることは生きる意味と喜びを味わう最高級の方法である」とか、「決して歓喜ではない。もちろん落胆でもない。物事や出来事の表面に惑わされずにすべてを『人生だねえ』としみじみと受け止めよ」とか、「どんなに嫌な奴に会っても、『いやあ、この世にはここまで嫌な奴がいるか。いやはや、見れば見るほど、見事なまでに嫌な奴だ』としみじみすべし」というような、ゆるーいメッセージが、競争と対立のストレス社会に疲れた人の心にしみじみと響いたのであろう。

いただいたお手紙の中には、「しみじみしているうちに、就職活動に失敗しました。先が見えず、ますますしみじみしています」というものもあったが、実にすばらしい。非の打ちどころがない。ぜひ、教祖の座を譲りたい。

そもそもは、「いやあ、しみじみするねえ」というぼくの口癖からきている。このしみじみ感は生来のもので、なかなか他人には説明できないのだが、あえて言うならば、月面にちゃぶ台をおいて、地球を眺めながらしみじみとお茶を飲んでいるような感じか。「ぼくはあそこで生まれたんだなあ」「就職に失敗しちゃった人、ほかにもいっぱいいいるんだろうなあ」「でも、あの星の人たちもいずれ全員死ぬんだなあ。いやあ、しみじみするねえ……。おっと、お茶が冷めちゃった」ってな感じ。

こういうと、「ただ見てるだけでいいのか」とか、「現実逃避してるだけじゃないのか」などという貴重で余計なご指摘をくださる人もいるが、何を言われても教祖としては「いやあ、指摘されちゃったなあ」としみじみするばかりで、返すことばもない。そこはさすがに教祖だけのことはあるというべきだろう。

とはいえ、実を言えば、教祖とて実際の日常はただお茶を飲んでいるわけではない。感情と環境に振り回されて泣いたり笑ったりの大変な毎日だし、ささやかな憧れのもと、奉仕と挑戦の人生を生きてはいるのである。ただ、自分の感情や人間の活動には、決定的な限界があるということを本当の意味で謙遜に引き受けて、常により大きな目ですべてのことを受け止める感性をこそ、大切にしたいのである。成功して熱狂するよりも、失敗して絶望するよりも、すぐに決めつけて批判したり争ったりするよりも、まずは静かに「いやあ、しみじみするねえ」とつぶやきたいのである。

しみじみしていると、無邪気に喜んだり悲しんだりしているより、少しだけ神に近づけるような気さえする。そういえばよく、「神さまを喜ばせるために」とか、「そんなことをすると神さまが悲しまれる」などという言い方があるが、どうなんだろう。むろん、人間でいうところの無感情ってことはないだろうが、神ほどの存在となると、人間の感情である喜びとか悲しみとは、全く次元が違うんじゃないか。

なんとなく、神は、究極のしみじみを味わっておられるような気がする。

まあ、まあ

中学校の同窓会で、同級生の女の子から聞いた、「晴佐久の思い出」。

卒業も迫った中学三年の冬のある日。クラス委員だった彼女は、ホームルームの時間に担任の先生とけんかをしたそうだ。高校受験ですでに合格の決まった生徒と、志望校に落ちた生徒を公平に扱ってほしいと抗議したら、痛いところをつかれたせいか、突然先生が怒り出して激しい言い争いとなり、ホームルームが収拾つかない状況になってしまったらしい。

そのとき、ふいにぼくが立ち上がり、両手をあげて二人を制し、笑顔で「まあ、まあ」となだめた、というのだ。

「あたしもう、力がヘナヘナ抜けたわよ。先生もあっけにとられて黙っちゃうし。あれ、強烈だったなあ。だって、中学生がニコニコしながら先生に向かって『まあ、まあ』よ。晴佐久っていうと、それ思い出すの」

こっちはすっかり忘れてしまっていたが、いかにもぼくのやりそうなことではある。よく言えば平和主義者、悪く言えば事なかれ主義のぼくにしてみれば、感情むき出しの争いごとや周囲を緊張させる対立は、耐えられない苦痛だからだ。良いも悪いもない、「まあ、まあ」とその場を収めようとしてしまうのは、相手のためである以上に、自分の緊張をやわらげるための、やむにやまれぬ行為なのである。

もっとも、なだめられたりするとかえって怒り出す人もいて、よせばよかったと思うことも少なくない。

一度、教会の通夜の席でひどいめにあったことがある。老母を亡くした三姉妹が、もとより仲が悪かったこともあり、それぞれの思いをぶつけ合って大げんかを始めたのである。「どうして喪主をあんたがやるのよ」「何言ってんのよ、ろくに見舞いにもこなかったくせに」「金を出したのはだれだと思ってるの」と、どんどんエスカレートする。なにしろ三つ巴《どもえ》である。しかもそこに、それぞれの夫が絡んでくる。聖堂の中はよく声も響き、故人も無言で聞いている。ぼくはほとほとあきれ果て、つい「まあ、まあ」をやってしまったのだ。すると、六人からいっせいに「関係ないだろう」と逆襲されて、死ぬほど後悔した。

それにしても、けんかだの議論だの争いだのと、みんな元気だなあと思う。ぼくのような気弱で気力のない低血圧系（ちなみに上が八十台）の人間に言わせれば、世の中、熱すぎる。「絶対にゆるせない」だの「最後まで戦い抜く」だの叫んだって、何ひとつ良いことないのに。みんな、もう少し頭冷やして穏やかに話し合えないものか。低血圧系ばかりでも、のどか過ぎて退屈かもしれないが、興奮して傷つけ合うよりはましだろう。テロや戦争にいたっては、想像を絶する血圧の高さである。顔を赤くして「これは正義の戦争だ、神のご加護を」と叫ぶなんて、ぼくから見るともはや異星人にしか見えない。一度ああいう人の前で「まあ、まあ」と言ってみたいのだが。

そう考えてみると、実はこれは思ったより尊いことばなのかもしれない。果たしてどうなのか、興味がおありなら、ぜひ実際に、高血圧系の現場で使ってみてほしい。コツは、まず双方のちょうど真ん中あたりに立つこと。どちらかに加担していると思われると効果が薄い。そして、ちょうど双方の発言が切れたころあいを見計らい、平等に手を上げ、にっこり笑って「まあ、まあ」である。無論、その後どうなろうとも責任は取れないが。

美しすぎる！

早春の早朝。雑木林の坂道を上っていくと、いっせいに新芽の吹き出した木の枝という枝に無数の水滴が宿って、朝の光にきらめいていた。近づいてその一粒に目をこらすと、春風に揺れるしずくの中に青空と大地が揺れていて、そのあまりの透明さと、今にもこぼれ落ちそうな一瞬の小宇宙のはかなさに心躍り、思わずつぶやいた。

「美しすぎる……」

これは感動したときのぼくの口癖だが、気がつけばかなり頻繁につぶやいている。夏、日は落ちたけれど、入道雲の頂上だけが輝いているその金色の光に、「美しすぎる……」。秋、舞い落ちた一枚の落ち葉の、赤と黄色の柔らかな色合いに、「美しすぎる……」。冬、広場で見かけた赤ん坊と目があったときの、一瞬のその笑顔に、「美しすぎる……」。そして再び、美しすぎる春がくる……。

ぼくは自分のことを「感動中毒者」と呼んでいる。マグロが新鮮な海水の中を泳ぎ続けていないと酸欠で死んでしまうように、常に新鮮な感動に触れていないと生きている実感がもてないからだ。無論、だれであれ感動を求めてはいるだろうが、ぼくの場合は、生まれつき脳の構造がどこかおかしくて、極端な感動中毒状況になっているのだと思う。実感としては、ほうっておくと眠ってしまう脳が、感動という覚醒剤でようやく目覚めていられるという感じ。感動だろうがなんだろうが中毒に変わりはなく、本人にしてみれば、これはこれでなかなか大変なのだが。

ぼくが映画や演劇や音楽が好きで、絵を描き詩を書きイベントを主催するのは、単なる趣味とか好きだからという以前に、それが生きるための必須条件だからだ。ブナの原生林をさまよい、無人島に二十年通いつめ、火山の噴火を追いかけて海外まで出かけるのは、単なる物好きだからではなく、そうしていないと衰弱死してしまうからだ。イエスを追い求め、教会を愛し、あまつさえ神父なんてことまでしているのも、そこにこそこの世の領域を超えた究極の感動があふれているからである。ミサの説教にしても、いつも結局は感動の分かち合いになってしまう。たった今、自ら朗読した福音書で、ああ本当にそうだと感動したことと、その福音と響き合う「美しすぎる」現実の出来事を、夢中で語ることしかできない。おお、かくも甘美なる感動よ！

感動とは、何か。科学はそれを脳の働きとして説明するのだろうが、では、なぜ脳はそう働くのか。世界はなぜ、これほどまでに人を感動させようとするのか。ぼくは、すべての根底に「神の感動」としかいいようのないものがあるのを感じる。神は感動のうちに天地を創造し、その感動を共有してほしいからこそ人類を生んだのではないか。この世のすべての感動は、神の感動のあふれなのではないか。そんな神の感動を、完全に共有していたのがイエスだったのではないか。イエスが春の丘で美しすぎる野の花に感動し、すべてを生かす神の愛を説いているとき、そこに天上の感動があふれていたのではないか。

一瞬後には地に落ちる、震える一粒のしずくさえ天上の感動を宿しているのである。いったい、天上の感動とはどれほどのものなのであろうか。いつの日かそれを目のあたりにし、「美しすぎる！」と絶句することになる天上の感動の予感に、地を生きる感動中毒者のひとしずくの魂もまた、うち震えるのである。

甘えるためのひとこと

おぎゃあ

人はその一生の間に、いったいどれだけしゃべるのだろうか。日常のあいさつやたわいのない談笑から、議論、演説、愛の告白にいたるまで、その口から発せられることばの総量は膨大な量にのぼるにちがいない。しかし、では最初のひとことはどうだったのかといえば、これが全人類共通の、大変シンプルな泣き声なのである。

「おぎゃあ」

後に、どれだけたくさん立派なことをしゃべることになろうとも、だれもが生涯の最初をそんな泣き声で始めたはずだ。

いつしか大人になり、何でもできる気になっているけれど、たまには自らの生涯最初のひとときを想像してみるのもいいかもしれない。何もできず、何も言えず、何もわからず、まるでそうすることが生きるすべてであるかのように泣くわたし。その不安に見開いた目は、何を求めていたのか。その震える手は、何をつかもうとしていたのか。

　赤ちゃんの泣き声を分析してそのメッセージを解読すると、生まれたての赤ちゃんの泣き声は、「眠い」と「怖い」と「痛い」の複合形であるらしい。たしかに、子宮という最高の安眠環境からほうり出され、初めてその柔肌で外の世界に触れたのだ。「もっと寝せろ」「怖いよう」「痛いぞ、寒いぞ」と叫ぶのは当然というものだ。

　いうまでもなく、そうして彼らが泣き声を上げるのは、それを聞き、それにこたえてくれる存在を大前提としている。すなわち、生まれ出たならば、そこにはたしかに生みの親がいて、泣けばたちどころにその要求を満たしてくれるとその本能で知っているから、安心して泣き声を上げるのだ。抱き上げられ、抱き締められ、天使のようにほほえむためにこそ、あの天地を揺るがすほどの泣き声を上げる。実に、人間は泣くために生まれてくるのである。

　事実、生まれたのに産声を上げない場合は、いのちにかかわるということもある。産声は人生最初の呼吸なのだから、産声を上げないということは、死を意味するのであり、なかなか産声を上げない赤ちゃんの場合は、逆さにつるしておしりをたたき、むりやり泣かせたりもする。思い切り泣くということが、人生最初の作業であり、人生最大の関門であり、人生最良のひとときなのだ。

大人になるとは、泣かなくなることだと、だれもがそう思っている。他人に要求するのではなく自分で解決し、満たされない思いを忍耐できるようになり、決して泣き言を言ってはいけないのだ、と。しかし、現実にそんなことが可能だろうか。どんなに頑張っていても、心は「もうだめです」と叫んでいるのではないか。どんな立派なことを言っても、心の中の赤ちゃんは「お願い助けて」「もっと愛して」と泣いているのではないか。

たぶん、今の人間たちに足りないのは、自立や忍耐よりもまず、正直に泣くことだ。必ずこたえてくれる親心を信じて、安心して思い切り泣き叫ぶことだ。そこからちゃんと始めよう。人生は原初の「おぎゃあ」から始まる。

なぜだか、とても苦しそうに生きている人がいる。まるで酸欠のように。何か忘れ物をしてきた子どものように。いっぱい話し、たくさん悩み、多くの年を重ねてきたけれど、あなたはもしかすると、まだ産声を上げていないのではないですか。

そこをなんとか

いったん断られているのに、あえて言うひとこと、「そこをなんとか」。相手の温情にすがるしかないときのこの情けないひとことが、なんだか好きだ。

たとえば、こんな場合。

「もう診療の受付時間は終わりました」

「そこをなんとか。この子の熱が下がらないんです」

あるいは、こんなとき。

「もうこれ以上は貸せないよ。まえの分だって返してもらってないのに」

「そこをなんとか。来月には必ずなんとかしますから」

断る側の理由や事情を理解していないわけではない。断られて当然であると重々承知のうえで、しかしあえてお願いしているのであって、言ってしまえば甘えているのである。甘えるなと言われればそれまでだが、だれの人生にも他人に甘えるしかないという場面が必ずあるはずだし、どこかでそんな甘えをゆるし合う社会のほうが生きやすいのではないか。

聞くところによると、これは甘えの文化といわれる日本ならではのことばらしい。そもそも「甘え」に相当する外国語自体が見あたらないのだから、「そこをなんとか」などという微妙なニュアンスは翻訳不可能だろう。実際、欧米圏では、あくまでもイエスはイエス、ノーはノーであって、一度ノーと言ったらもう一度頼んでも答えはノーである。頼まれている方にしてみれば、断ったのになぜまた頼むのかが理解できないはずだ。それはそれで、曖昧さを排除した合理的なコミュニケーションのひとつのあり方ではあるけれども、ノーと言われてなおも、「そこをなんとか」と言える関係のほうが、ぼくはほっとする。

甘えるとは、相手をどこかで無条件に信頼してこそ、成立する感情である。小さい子どもがお菓子を買ってもらいたくて、だだをこねるときなどは、「ノー」と言う母親に「そこをなんとか」と言っているわけだが、この場合、結果はともあれ、母親を全面的に信頼してだだをこねていること自体に、重要な意味があるのではないか。ときにその全面的な信頼が実を結んでお菓子を手にすることもあるにせよ、大事なのはそのお菓子ではなく、そんなやり取りを繰り返すことで親子が親子になり、子どもが愛を知ることなのである。

つらい病気を抱えて、思わず天を仰いで祈るときなど、まさにそんな機会であるとは言えないだろうか。人が、自分ひとりで存在しているのではなく、何か大きな存在に生かされていて、その存在に甘えるしかないのだと知る機会。

信頼して甘えることで、相手の心とつながる瞬間こそが、人間の理屈を超えた何かが通じる尊い瞬間だし、天と地がつながる瞬間でもある。友人に「ノー」と言われ、銀行に「ノー」と言われ、医者に「ノー」と言われ、つまり地において「ノー」と言われても、恐れずに天に向かってだだをこね、無条件なる信頼を込めて言ってみよう。

「ですが、そこをなんとか」と。

たとえその頼みを聞いてもらえなかったとしても、その必死な思いは必ず通じているし、後になって、実はより大きな意味でちゃんと願いは聞き入れられていたと知ることだってあるはずだ。けれども、なんといってもうれしいのは、さらにさらに、だだをこねることがゆるされていることである。

「ですが、そこを、そこをなんとか」

このままのぼくを

ミヒャエル・クンツェ作の「モーツァルト！」というミュージカルがある。日本での初演は見逃したが、大変評判がいいのでCDを買い、聴いてみた。たまたま車を運転しながら聞いていたのだが、ある歌詞のところで、突然、涙がどっとあふれ出して前が見えなくなり、あわてて車を道端にとめた。

「このままのぼくを、愛してほしい」という歌詞である。

ご存じのとおり、モーツァルトをモーツァルトにしたのは、モーツァルトの父レオポルトである。いかに天才とはいえ、その才能を開花させるにはそれだけの力あるコーチが必要であり、モーツァルトの場合は、父親が全面的にその使命を負っていた。本人が物心つくまえから徹底的に鍛え、育て上げた天才少年は、ある意味では父レオポルトのつくり出した渾身《こんしん》の作品ともいえる。

しかし、やがてモーツァルトにも思春期が訪れる。愛に目覚め、自分を探すこの時期に、彼は当然自分らしくあることを求めて、父親と対立する。もっと遊びたい、もっとひとりでチャレンジしたい、もっと自由に生きてみたい!

それは人間の成長過程としては当然のことなのだけれど、コーチにしてみれば天賦の才を十全に開花させることこそが、優先順位のトップであり、遊びだの自由だのはじゃまものでしかない。愛する父から要求をことごとく退けられて、モーツァルトは苦悩を深めていく。

そんな思いを歌い上げるのが、一幕の「ぼくこそ音楽」と二幕の「なぜ愛せないの?」であり、その中でモーツァルトは絶唱するのだ。「このままのぼくを、愛してほしい」「なぜ愛せないの、このままのぼくを」と。

ぼくは両親から愛されて育ち、相当自由に生きてきたつもりだが、モーツァルトと同じ注意欠陥多動系の子どもだったため、親から、学校から、社会から、常にしかられて生きてきた。しかられれば当然萎縮する。親は精いっぱい受容してくれたけれど、心の奥深くには、「自分はこのままでは愛してもらえない!」という思いが圧縮して閉じ込められていたのだと思う。あの日、それらの密閉されていた叫びが、歌のひとことで一気に噴き出して、運転をよろめかせたのだろう。

「なぜ、愛せないの？　このままのぼくを！」

たしかに、モーツァルトの生み出した綺羅星《きら》のごとき作品の数々に酔いしれる身としては、父レオポルトの方針は正しかったと言いたくなる。だが、もしも自分がレオポルトで、わが息子から涙をこらえた瞳で「このままのぼくを、愛してほしい」と訴えられたなら、ぼくは、迷わずに答えてあげたいのだ。

「たとえおまえが、ひとつの作品も残せなかったとしても、父さんはおまえを愛している。おまえがいてくれるだけでいい。そのままのおまえを、愛している」と。もちろん、人間存在のそのますべてを完全に愛するという「無条件の愛」は、人間を創造した「天の父」にのみゆるされていると、知りながら。

二〇〇五年夏、「モーツァルト！」が再演されると知り、わくわくしながら観に行った。初日ですっかりはまり、結局千秋楽を含め九回も観に行った。主演の中川晃教はまさに「ぼくこそ音楽」というナンバーそのものであり、役者がうたっているというよりは、歌が「ぼく」になって舞台に立っているようだった。舞台の真ん中、スポットライトを浴びて、モーツァルトは「このままのぼくを、愛してほしい」とうたう。その目は、はるかな天を見つめている。

どっちも

二者択一ということばが、なんだかいやだ。なぜ二者だ、どうして択一だ、と突っ込みたくなる。あらゆる可能性を秘めているはずのこの宇宙の真ん中で、あれかこれかどっちか選べなんて、もはや暴力である。より大きなまなざしで柔軟に第三の道を探すことを放棄した、ただの怠慢である。「だって、どっちか選ばなきゃしようがないじゃないか」というけれど、本当にそうか。そう思い込み、そうするしかない世の中をつくっているだけではないのか。

不登校の子どもたちに学校に行けというのは、無神経だ。彼らは実際には学校を拒否しているわけではないから。彼らが拒否しているのは、第三の道を探さずに、学校に行くか行かないかという二者択一を押しつける、現実社会の精神の貧しさなのである。現に、彼らのためのフリースクールの隆盛がそれを物語っている。「学校に行かないで、でも学校に行く」という「どっちも」の道が彼らを救うのだし、その道が、現実社会をも救うのである。

どっちか、というのはある意味では楽な道ともいえる。物事を二者に分けて、どちらか選ぶというのはわかりやすいし、何よりも、そうして二分することで対象を支配できるかのような錯覚を起こさせるという意味では、魔力といっていい力をもっている。そもそも、世界を分節して認識するという脳の仕組み自体がそのような暴力をはらんでいるのであり、現代の脳化社会はこの「どっちか」中毒だとさえいえる。

しかし、だからこそ、その二者の壁を無化する道が尊いのだし、テロと報復戦争のこの時代が、その道を求めている。男か女か、善か悪か。人はあたりまえのようにこの世界を二分法で切り裂くけれど、それは実は、支配するためなのだ。敵か味方か、どっちかに決めつけるなんて、最も邪悪な精神であろう。本当は、人は男でもあり女でもある。善でもあり悪でもある。敵でもあり味方でもある。「どっち食べたい?」と聞かれて無邪気に甘える子どものように、「どっちも!」と言おうではないか。それ以外に平和への道などない。

さらに言えば、「どっちでもない!」という救いの道も、まことに尊い。

人生究極の二者択一はといえば、あのハムレットの名高いせりふだろう。三幕一場、ハムレットは復讐心と虚無感、愛と絶望のはざまで独白する。

「生きるべきか、死ぬべきか、それが問題だ」

たしかにそれは問題だろう。この不条理な人生において、人はときに、そんな局面に立たされる。「こんな状況では、もはや生きていても意味がない」ということもあるかもしれないし、「これほどつらいなら死んだほうが楽だ」ということだって起こり得る。生きて地獄、死んで虚無。さあどうする、と言われれば、たしかに大問題である。もし、その二者択一しかないのであれば。

しかし、ぼくは、ハムレットに言いたい。本当に「生きるか死ぬか」などという乱暴な問題の立て方でいいのか、と。「どっちでもない」という第三の道があると信じて、憧れて、求めてみてほしい、と。そして、もしもこの究極の二者択一にも、とても細く見つけにくいけれどもそんな第三の道があるとするならば、それこそがあらゆる人を救い出す道になるはずだ。

絶望的状況の中では、全く出口がないように見える。死こそが、唯一の出口のようにも見える。たとえ本人にはそうとしか見えなくとも、第三の道は、必ずある。信じて、振り向いて、もう一度見てほしい。もう一度だけでも。

よし、よし

赤ちゃんが泣くと、母親は赤ちゃんを抱き上げて、軽く揺すりながらあやして言う。

「おお、よし、よし」

いいことばだと思う。

人が生きるうえでの原点となる、尊いことばだと思う。

この「よし」はもちろん「良い」という意味の「よし」だから、母親は「おお、良い、良い」といっているわけで、このとき赤ちゃんは「良い存在」として全肯定されているのである。赤ちゃんにしてみれば、「腹減った」か「眠い」か、なにしろ理由があって泣いているのだから、ちっとも「良く」ないのだけれど、母親はにっこり笑って言う。

「おお、よし、よし。すぐに良くなる、すべて良くなる。ほら、お母さんはここにいるよ、今良くしてあげるよ。何も心配するな、おまえは良い子だ、おお、よし、よし」

大人たちはそんなことをもうすっかり忘れて、あたりまえのように生きているけれど、だれもが赤ちゃんのときにそうしてあやされたからこそ、自分を肯定し、世界を肯定して今日まで生きてこられたのではなかったか。

自分は親の愛に恵まれなかったという人は多い。親から十分に愛されなかった孤独と恐れの闇の深さは、経験したものにしかわからない。しかし、どんな事情であれ、その愛がゼロだったということはないはずだ。少なくとも、まだ物心つく以前に、だれかから「よし、よし」とあやされてミルクを与えられなければ、一日たりとも生きてこられなかったのだから。その「よし、よし」はその人のもっとも深いところで、いつまでも響き続けている。

その意味では、生まれて最初の「よし、よし」は、生きるうえでの原点ともいえるだろう。なにしろ生まれたばかりの赤ちゃんには、すべてが恐怖である。それまでの母胎内での天国から突然ほうり出され、赤ちゃんは痛みと恐れの中で究極の泣き声を上げる。いわゆる「産声」という、この世で最初の悲鳴。

ところが、それを見守る大人たちは、なんとニコニコ笑っているではないか！　そして母親はわが子を抱き上げ、ほほえんで語りかけるのだ。赤ちゃんがこの世で聞く最初のことばを。

「おお、よし、よし」

わが子が泣いているのに、なぜ母親はほほえんでいるのか。親は知っているからだ。今泣いていても、すぐに泣きやむことを。今つらくてもすぐに幸せが訪れることを。今は知らなくとも、やがてこの子が生きる喜びを知り、生まれてきてよかったと思える日がくることを。親は泣き叫ぶ子に言いたいのだ。

「おお、よし、よし。だいじょうぶ、心配ない。恐れずに生きていきなさい。自分の足で歩き、自分の口で語り、自分の手で愛する人を抱き締めなさい。これからも痛いこと、怖いことがたくさんあるけれど、生きることは本当にすばらしい。だいじょうぶ、心配ない。おまえを愛しているよ、おお、よし、よし」

存在の孤独に胸を締めつけられるような夜は、生みの親の愛を信じてそっと耳を澄ませてほしい。きっとわが子にほほえんで呼びかける人生最初の「よし、よし」が聞こえてくるだろう。もしかすると、全存在にほほえんで呼びかける、宇宙最初の「よし、よし」も。

そばにいてほしい

本当はいつも身近にあったのに、ふだんはそのありがたさに気づかず、試練や危機にあって初めてその存在や、尊さに気づくという物事がある。

たとえば、健康のありがたさ。ひとたび病気にでもなると、ふだんはあたりまえのように食べたり飲んだり、働いたり遊んだりしていたことが、いかにすばらしいことだったかに気づかされる。多くの場合は、治ってしまえばまた忘れてしまうのだけれど。

あるいは、豊かな大自然。日本の原風景である美しい里山と小川に囲まれた暮らしなど、失いかけた今になってようやく、それがかけがえのない天国であったことに気づく。あまりに身近であったがために、その存在すら目に入っていなかったようなスミレの花。恵まれているほど、鈍感になるものなのだ。

しかしおそらく、そういうことで言うならば、最も身近で最も尊いのに、最もその尊さに気づきにくい存在とは、「そばにいてくれる人」なのではないか。

愛し合うパートナーはもちろん、家族や友人など、いつもはそこにいるのがあたりまえな人。あたりまえだから、ついついその大切さを忘れて、いいかげんに扱ってしまっていた人。だが、ひとたび試練や危機に見舞われて絶望のふちに立たされたとき、人はようやく気づくのである。何があってもそばにいてくれる、身近な人の尊さに。もっとも、その人がいる間に気づければ幸いだ。その人を失ってから初めて、その人がそばにいてくれることの真の価値に気づくということも珍しくないのだから。

危機というならば、人生最大の危機は死を迎えるときだろう。もはや、なすすべの全くない弱さの中で、人はなおも恐れや痛みと戦わなければならない。健康も、財産も、業績も、それまで大事に守ってきたものが何ひとつ役に立たないという究極の無力状態の中で、人は何を頼ればいいというのか。そのとき、そばにいて手を握ってくれる人がいるならば、どれだけ救われることだろう。今のうちから、「そばにいてくれる人」をもう少し大切にしておいたほうがよさそうである。

では、もしもたったひとりで死を迎えなければならないとしたら。思わず

「そばにいてほしい」と叫んだときに、そばにいてくれるような家族も友人もいないという人が死を迎えるとしたら。

そんな人のそんなときに、たしかにそばにいてくれる人がいることを、ぼくは知っている。だれにも頼れないそんなときだからこそ、ようやく気づける究極のパートナー。それは、いつも最も近くにいたのに気づかないでいた人。けれども、完全なる無力状態の中で「そばにいて」と叫ぶなら、必ずそばにいて甘えることができる人。痛みも恐れも理解して、弱さもわがままも受け入れて、いつまでも手を握っていてくれる人。つまり、この自分を、この世で自分を愛してくれたほかのだれよりも大切に思い、徹底して守ってくれる人。

そんな都合のいい人がいるものかと思うかもしれないが、もしいるならば、それがどれほどの安心か、ということはわかってくれるはずだ。そして、その人は、本当にそばにいるのである。

その人を、ぼくは「救い主」と呼んでいる。

その人は、握った手を決して離さない。そして、ぼくを連れて行ってくれる。憧れてやまないあの世界へ。

一六〇
これが、ぼくだ

理想の自分と、現実の自分。その決して埋まることのないはざまに、あらゆる苦しみが渦巻いている。

理想の自分がないという人はいないだろう。それをどの程度強く望むかどうかはともかく、だれでも必ず心のどこかに理想のセルフイメージをもっている。たとえば健康で美しく、才能にあふれ、だれからも好かれる明るい自分。そして、だからこそ、いらだつのである。不健康で、さえない、無能で嫌われる暗い自分、すなわち現実の自分に。

特に、失敗したとき、失望したとき、失恋したときなんか、最悪である。甘く夢見た理想の自分は崩れ去り、後には決して見たくなかった現実の自分が取り残されている。そんな現実に耐え切れず、人はつぶやく。

「こんな自分なんか、いないほうがましだ」

たしかに、人は理想がなければ生きていけない。みんな夢見て、憧れて、少しでも現実を理想に近づけようと、けなげな努力を続けている。それこそが、人間を人間にしてきた人間らしさの本質だとさえいえる。しかし、もしもその理想が人を苦しめ、しまいには夢見た当の本人が「いないほうがましだ」と消えてしまうならば、それこそ究極の本末転倒というべきだろう。自分自身を否定するのではなく、本当はこう言うべきではないだろうか。

「こんな理想なんか、ないほうがましだ」

やることなすことうまくいかず、人からは誤解され、自分の弱さにうんざりする夜更け。ぼくは鏡の前に立ち、やつれた自分の顔をまっすぐに見つめて、こうつぶやくことにしている。

「これが、ぼくだ」

「これを生きよう」

思えば、いつも理想を追いかけて、「あれがぼくだ」と思い込んできた。だからそうでない自分を迫害し、そのイメージを傷つける人に対して、逆恨みさえしてきた。でも、もうやめよう、そんな悲しいこと。ここに、現実のぼくがいるじゃないか。自分でかってにつくった自分の理想に振り回されるのではなく、この自分から出発しよう。この現実を全面的に受け入れて、ここから出発するならば、きっと、貧しい理想を超えた、豊かな現実が待っていると信じて。

理想をもち、悪い現実を変革していくのは、人として当然のことだ。しかし、人間の理想には必ず限界がある。ある思想家の理想を実現させれば、人類が幸福になれるなんてことを信じるとどうなるか、現実はちゃんと知っている。ある国の理想を実現させることがどのような悲劇を生むか、現実がすべて見せてくれる。理想を振りかざすまえに、まず自分の現実を受容し、世界の現実に敬意を払うべきだ。現実を変える力は、現実の中にしかない。

どんな理想も、決して現実にはかなわない。だって理想はすべて頭の中のことであり、頭の中はそれほど正しくも美しくもないのだから。たぶん、理想は人間がつくったもので、現実は人間以上の力がつくっているのだろう。だから、いつだって、理想より現実のほうが、ちょっとだけ尊い。

受け入れがたい現実、認めたくない自分に、そっとつぶやいてほしい。

「これが、ぼくだ」

「そう、それがきみだ。それを生きろ」と、天が答える。

おやすみなさい

恋人から「あたしのどこが好き?」と聞かれて、ひとこと、「寝顔」と答えた人がいる。

いい答えだと思う。

寝顔にはうそがない。その人の真のその人らしさが現れている。起きているときのさまざまな表情もいいけれど、なんの作為もない安らかな寝顔の魅力にはかなわないということだ。

起きているときにひどい夫婦げんかをしても、夜中にふと起きて、よだれをたらして眠っているパートナーの、あどけない寝顔を見たらゆるす気になってしまった、なんてことがある。

起きているときに厳しくしかりつけたけれど、夜中に布団をかけようとして、涙のあとが残るわが子の寝顔を見たら、しかったことを後悔して翌朝謝った、なんてこともある。

人は一日中自分の考えで行動し、自分の感情に振り回されて、成功したり失敗したり、泣いたり笑ったりと大変忙しいが、そんなだれもがみな、一日の終わりに眠りというリセットタイムを迎える。そこではもはや、何も考えられず何もできず、ちょうど赤ちゃんのように全く無力で、ただそこにいるだけになる。そして、赤ちゃんが大人よりずっとかわいらしく魅力的であるように、眠っているときのほうが、忙しく活動しているときよりもずっといとおしく感じられるし、人間的な穢《けが》れや過ちを感じさせないぶん、ときには神々しさすら漂う。眠っている人に罪はない。たしかにその人でありながら決して罪を犯すことのできないその状態は、もはや天使に近い。

何もできない状態のほうが何でもできる状態よりも尊く見えるのは、その人の真の価値はその人が何を「する」かではなく、その人がそこに「ある」ところにあるからだ。人は、するためではなく、あるためにある。そう考えると、一日の終わりに、だれにも必ず眠りがやってくるのは、とてもありがたいことだ。それこそが平等なる救いの世界なのである。眠りという恵みが、頑張った人も頑張らなかった人も、元気な人もつらかった人も、傷ついた人も傷つけた人も、ともかくみんなを救いの世界へいざなってくれる。「さあ、もう『する』のはそれくらいにして、ちゃんと『ある』世界へ帰っていらっしゃい」と。

思春期に、寝るまえ、「このまま寝ている間に心臓が止まって、死んじゃうんじゃないか」などと不安になり、なんだか寝つけなくなったなんて体験をした人もいると思う。実際、眠りはある意味で小さな死であり、死であれば怖くて当然かもしれない。

しかしそれは、慢性寝不足のような「する」世界の住人が、「死んだらもう何もできない」と、かってにおびえているだけのことだ。「する」ことは大切だけど、すべての「する」ことは、実は永遠なる「ある」世界に目覚めるためなのだ。人は眠るために起きている。それを信じていれば、どんな夜でも感謝のうちに、安心して「おやすみなさい」と言えるだろう。

きっとぼくたちは、毎日の「おやすみなさい」で、すごく大切な練習を重ねているのだ。そして、生涯の最後に、本当に「おやすみなさい」が言えたとき、真の眠りが訪れる。

真の眠りの向こうには、真の目覚めが待っている。

信じるためのひとこと

神よ！

一九八四年、二月十九日の夜。生涯忘れることのできない神秘体験をした。ぼくはそのとき二十六歳。司祭を目指して神学校に入ったものの、四年目にして、魂の闇とでもいうべき危機を迎えていた。あの闇をどう表現したらいいだろう。すべてが信じられず、あらゆることが無意味で、何もかもがむなしく感じられる究極の闇。哲学や神学、現代思想まで勉強しすぎて混乱したせいか、自らの虚偽と無力に絶望したせいか。それは今にして思えば、自我に目覚めてしまった人間という孤独が、必然的に抱えている闇だったのだと思う。

神学校は全寮制でふだんはにぎやかだが、春休みは全員帰省しなければならない。しかし、ぼくはどこにも行く気力を失って、ひとり自室に潜んでいた。その年の東京は大雪続きということもあり、雪に閉ざされてだれもいない神学校は文字どおり森閑としていた。

その夜、闇は臨界点に達していた。ぼくは暗い部屋で服を着たままベッドの上に横たわり、死ねば楽だという思いと、死への恐れとの間で全身を硬直させていた。この自分の存在など、なくても何も変わらない。人生に何の意味があるのか。やがて滅びる人類に何の価値があるというのか。神なんか、いない。

いつしか周囲は全くの闇となり、気づくとぼくはベッドごと暗黒の宇宙空間を漂い始めていた。だれもいない、完全な孤独。何もない、完全な絶望。ああ、これが地獄だ。

そう思った瞬間、ふいに、何のまえぶれもなく、魂の奥底から叫び声が上がった。それはぼくの声だったのか、宇宙自身の声だったのか。

「神よ！」

その叫びと同時に、ぼくの中で光の大爆発が起こったのである。天地創造の初めのビッグバンのような。それは一見闇に光が輝き出たように見えて、実は、自分を包む闇が破れたら、外の陽光がまぶしかった、といったほうが近い。

至福だった。神が自分に触れてくれたと感じた。今、ここに、わたしは存在させられている、それがすべてだと一瞬のうちにわかった。あらゆるいのちと永遠に結ばれているという喜びがあった。翌日の日記に、こうある。

「自分が全くの『無』になったとき、誕生の叫びが起こった。あえてことばにするなら、『神よ！』という叫び。その叫びと同時に、ビッグバンが起こった。全存在を生んだビッグバンは今も続いている！　その瞬間は忘れられない。愛の体験だった。神は、いのちだ。いのちは生きている。わたしは、生きている。『わたしは、ある！』モーセに語った神のことばがすべてだ。『わたしは、ある』暗黒など、ない。『非いのち』など、ない。あるのは、いのちだけ。ああ、ことばはむなしい。あの一瞬の喜び、あれこそ救われたということだ。もはや、ぼくは死を恐れない。ぼくは愛する。ぼくは、いのちだから。『「わたしはある」ということを信じないならば、あなたたちは罪のうちに死ぬことになる』やっと、キリストの思いがわかった。やっと」

この日を最後に、ぼくは中学以来書き続けてきた日記をやめた。たぶん、必死に自分の思いを書きつづってきたのは、この日のためだったのだろう。

恐れている、すべての人に言いたい。

「だいじょうぶ。地獄の底まで行っても、だいじょうぶ。ひとこと、『神よ！』と叫ぶなら」

恐れるな

小さいころ、初めて自転車に乗る練習をしたときのことを覚えているだろうか。乗るまえの不安と、乗っているときの緊張。転んだときの痛さと、ついに乗れたときの喜び。だれもが体験する、ささやかな人生のひとこまではあるが、今にして思えば、生きるうえでの非常に重要な体験であったように思う。

多くの場合そうであるように、ぼくに自転車の乗り方を教えてくれたのは父だった。父は、自転車の後ろを両手でもち、「さあ、ちゃんと支えていてあげるから、こいでごらん」と言う。恐る恐るペダルを踏むと、思いのほか簡単に進む。歩くのとは違う爽快《そうかい》なスピード感に胸が躍る。ところが、ふと気がついて振り向くと、なんと父はとっくに手を放しているではないか！　しかもニコニコ笑いながら。

その瞬間、「すごいぞ、ぼくは自分ひとりで乗れてたんだ！」と喜び、そのままこぎ続ける人がいたら、百年にひとりの大人物である。悲しいかな、ぼくも含め、凡人はこう思うのだ。「うわっ、父さんが手を放してる！　もうだめだ、転んじゃう！」

そして、転ぶ。

痛い体験ではあるが、これは大変貴重な体験でもある。すなわち、人が転ぶのは、自分自身の恐れによるのだ、という体験である。

転ぶまえは、ちゃんと乗っていたのだ。後ろで父親が押してくれていると信じていたからとはいえ、たしかにひとりで乗っていたのである。しかし、自分ひとりでこいでいると気づいた瞬間、「うわっ、もうだめだ、転んじゃう！」と思い、そう自らが思ったとおりに、転ぶ。

ところが、そうして何度転んでも、父親はニコニコ笑うばかり。そんなまなざしに見守られ、やがて転ぶのにも慣れてきたころ、いつしかこう思うようになる。「いつまでも怖がっていてもしようがない。もう、転んでもいいから、ともかく思い切ってこいでみよう」。そうして勇気を出してこいでみると、不思議なことに、転ばない。すいすいこげるようになり、なんでこんな簡単なことができなかったんだろう、とさえ思う。

これこそ、生きるうえでの非常に重要な体験ではないだろうか。自らの恐れさえ乗り越えれば、何もかも驚くほど簡単にうまくいく、という体験である。新約聖書の中で、イエスは弟子たちに繰り返し「恐れるな」と言う。恐れこそが人間を縛り、世界を苦しめる最大の原因であることを知っているからである。人が真に自由と幸福を手に入れるためには、この恐れを乗り越えなければならないことを知っているからである。イエスは、神の思いを代弁しているのだ。もうちょっとで自転車に乗れるようになるわが子を見守る父親のような、天の父の愛情あふれる思いを語っているのだ。「恐れるな」、と。

愛を失って傷ついた人は、愛することを恐れるばかりか、愛されることも恐れる。特に幼いころに傷ついた人の恐れの闇は深い。愛の喪失体験の痛みは、自転車で転ぶ痛みの比ではないからだ。しかし、どれほど痛くとも、その闇から解き放たれ、真の自由と幸福を手に入れる方法は、たったひとつしかない。

「恐れるな」という父のまなざしを背中に感じながら、「転んでもいい、思い切ってこいでみよう」と思ったとき、人は新しい段階に入る。

信じてるよ

「きみを信じてるよ」

そんなひとことで救われる、ということがある。

たとえば、暴力事件を起こして更生施設に送られてきて、自分も他人も受け入れられずに心を閉ざしている少年に向かって、指導教官が言う。

「きみはすばらしい可能性を秘めている。生まれ変わることができるんだ。自分自身と、このぼくを信じてほしい。ぼくは、きみを信じてるよ」

少年はそのひとことで立ち直り、立派に社会復帰を果たしたりする。

信じてくれる他者と巡り会えて救われたという話だが、逆に言えば、その少年はそれまでの人生で、他人からそのように言われたことが一度もなかったということでもある。なかったからこそ心を閉ざし、ついには暴発してしまったのではないか。わざわざ施設にまで入ってから、ようやく言ってもらうまえに、だれかそんな信頼のひとことをかけてあげる人はいなかったのか。

たしかに生来キレやすい気質だったのかもしれないが、親からはしかられるばかり、教師からは疑われるばかり、友人からは疎まれるばかりという環境では、自分の弱さを克服できるはずもない。運悪く暴力事件を起こしてしまい、施設に送られて自暴自棄になっただろうし、もはや自分の人生は、無意味な敗戦処理でしかないと思い込んでいただろう。そうして自分が大嫌いになってしまった少年を前にして、誠実に生きるひとりの大人が、ごまかしやお愛想でなく、真剣に言ってくれたのである。「きみを信じてるよ」と。

その信頼にこたえたいと思わない人はいないだろう。彼は生まれて初めて「信じている」と言われ、生まれて初めて「信頼にこたえたい」と思えたのだ。だれもが、「他者の信頼にこたえる」という美しい力をもって生まれてくる。信じてもらえないかぎり、決して発揮することのできない美しい力を。

もっとも、いくら信じても相手がこたえてくれないと嘆く人もいる。わが子の非行や夫婦の問題などで相談にくる人が、そういうようなことを言う。「今度だけは、と信じていたのに」とか、「何度も裏切られて、もう信じられない」とか。しかし、では本当に覚悟を決めて全面的に信じていたんですか、と尋ねると、「いや、心のどこかでは疑っていました。そもそも、あいつにはいくら言っても無駄なんです」などと言い出す。そんな半端な思いを「信じる」とは言わないだろう。「信じる」ということは、恐れとの全面戦争であり、もっと真剣で、もっといのちがけなことだ。だからこそ、だれかに信じられることがそんなにもうれしく、ときには生きる根拠とさえなるのではないか。

本気で信じれば、相手が変わり、世界が変わる。「信じてるよ」のひとことの、なんと偉大なことか。もしかすると、人間たちは、そうして「信じてるよ」と言い合うために存在しているのかもしれない。他者から信じられ、信じる力を育てられて、だれかを信じるために生きているのかもしれない。

よく、「神を信じる」と言う。しかし、物事には順序というものがある。もしも神がそのように人間を信じ合わせるためにおつくりになったのなら、その神ご自身が、すべてに先立って人を信じていると考えるのが、自然ではないか。神は、何よりもまず「きみを信じているよ」と言いたくて、このわたしを生んだのである。神に信じられているわたし。すごい。もはや、何を恐れることがあるだろう。だれにだって、「きみを信じてるよ」と言える。

わからない

わからないことを正直に「わからない」と言うのは、勇気がいる。特に年をとればとるほど難しい。見えか、プライドか、恥を恐れてか、なんでもわかっているような顔をして、ついつい知ったかぶりをするわけだが、結局はわかっていないことが明らかになって、恥の上塗りになったりする。一般に、よくわかっていない人ほどわかっているようなことを言い、わかっている人ほど誠実にわからないと言う傾向があるような気がする。優れた業績を上げた人物が、わからないことを何のてらいもなく堂々と「わからない」と即答するさまは、見ていてすがすがしい。

わかることのすばらしさ、尊さを知っている人ほど、わからないということが決して恥ずかしいことではなく、むしろ尊いことだと知っている。わからないということは、あらゆるわかることの生みの親であり、いつでも本当に価値あることは、すでにわかっていることからではなく、わからないことからこそあふれ出してくるものだと知っている。

たとえば、「この宇宙はなぜ存在するのか」という問いに、「わかった」と答える人がいたら、それはその人の脳がそう理解したというだけのことであって、たぶんその「わかった」は、宇宙の神秘から限りなく遠い。「ここが山頂だ」などと口走ること自体が、実はまだその人が真の山頂に達していないことの何よりの証拠であって、本当にわかっている人は、山頂に立ったとき眼前にさらなる高峰が連なるのを目のあたりにして、感動にことばを失うものである。何かがわかるということは、さらなるわからないことがわかってくるということ以外の何物でもない。たしかにわかることはうれしいことだが、わかることの喜びが、わからないことを受け入れる喜びを越えることは、決してない。

わからないことを受け入れる。それを、別の言い方で「信じる」という。それにどんな意味があるかもわからないのに、その出来事を受容するには、何ひとつわからなくとも、そこにかならず尊い意味と価値があると「信じる」しかないではないか。その、深く、静かな、信じる喜びにこそ、最高の価値がある。

息子が家出しても、明日は帰ってくるとわかっていたら、だれも心配しない。

けれども、いつ帰ってくるのかわからず、生きているのかどうかもわからなければ、胸がつぶれるほど心配するだろう。そして、わからないからこそ信じるのだ。「あの子はきっと帰ってくる」と。

この世は、実にわからない。わからないから、実につらい。

なぜ自分がこんな苦しい病気になったのか。なぜわが子がこんな困難な障害を背負わされているのか。なぜあんなにいい人が、こんな事故でいのちを落とさなければならないのか。だれひとり、納得のいく説明をしてくれないし、たとえどんな理由を並べられても納得できるはずもない。

しかし、人間のすばらしさは、わからないことを受け入れて、なおも生き続けることができるというところにある。人間は、わからなくても信じることのできる生き物なのだ。人間は、「きっと何か美しい意味があるはずだ」「きっと何かすばらしいものを生み出す準備なのだ」「きっと完全で、永遠なる世界につながっているはずだ」と言える生き物なのだ。なんと尊いことだろう。

勇気をもって、「わからない」と言おう。

そして、さらに勇気をもって言おう。「それでも、信じている」と。

助けて！

できるならば、そんなことを言わずにすむ穏やかな生涯を送りたいものだが、どんなに恵まれた境遇の人でも、一生に一度や二度は思わず叫ぶはずだ。もはや自分の力ではどうすることもできず、思わず天を仰いで、「助けて！」と。

しかしこれは、言わずにすめばそれで幸せ、というだけのことばだろうか。むしろ、心底「助けて！」と叫んだときにこそ、何かすばらしいことが起こり始めるのではないだろうか。

中毒などで苦しむ人が、どうしても嗜癖《しへき》を断ち切れずに状況を悪化させ、いよいよ破綻するときのことを「底をつく」と表現することがある。たとえば、アルコール中毒で苦しむひとりの男が、なんとか立ち直ろうと努力しながらも、どうしても酒をやめられず、やがて体を壊し、酒の失敗で仕事も失い、ついには家庭で暴力を振るってしまい、愛する妻が子どもを連れて家を出てしまったとしよう。まさにこれより下はもうないという状況であり、このままでは、もはや生きていてもしようがないというような絶望を味わう。つまり彼は、「底をついた」のである。

ところが、この、いよいよ「底をついた」というときに、初めてその人の中で生まれてくるものがある。まるで、最も暗い冬至の日を合図に、春の発芽を準備し始める凍土の種のように、完全に闇に覆われた彼の魂の奥で、そっと生まれてくるもの。あたかも赤ちゃんの泣き声のように弱く、正直で、だからこそ希望をはらんでいるもの。それが、この「助けて!」という叫びなのだ。

それまでも、半端な「助けて」なら繰り返してきたかもしれないが、完全なる無力の底から叫ぶ、一生一度の「助けて!」こそは、とても神聖な叫びなのである。それはたぶん、人間のだれかに向かって言う「助けて」とは本質的に違う、聖なるものに向けての「助けて」なのだろう。

すべてを失った彼が、独りぼっちで部屋にうずくまり、なすすべもなく「助けて!」と絶望の叫びを上げたその瞬間は、しかし後で振り返ってみると、救いの歴史が始まった瞬間だったことがわかる。彼はその夜、不思議な力に導かれるかのようにアルコール中毒者の集いに出かけ、自らの完全に破綻した体験を語り、同じ地獄をくぐり抜けてきた仲間に支えられながら、回復へのはるかなる旅路を歩き始めたのだ。

新約聖書には「助けて！」と叫ぶ人の話が多く記されている。イエスが通りかかったときに「わたしを憐《あわ》れんでください！」と大声で叫んだ盲人の話など。イエスはそれらの必死な叫びに必ずこたえて、病気をいやし、障害を取り除くのだが、そのとき、イエスはいつも、こう言う。

「あなたの信仰が、あなたを救った」

頑張る人ほど、「助けて」のひとことが言えない。人に頼っちゃいけない、弱みを見せちゃいけない、結局は自分しか信じられない、けなげにもそんなふうに思い込んで生きてきたのだろう。本当は、そんな人こそ、だれよりも「助けて」と叫びたいのに。たしかに、人は頼りにならないし、弱みを見せては生きていけない社会である。しかし、だからこそ、絶対頼りになり、弱みをこそ受け止めてくれる力を信じて「助けて」と言うしかないし、それを言えたときに、人はもう助かったのだ。自分では自分を救えないことを思い知り、そんな自分を助ける大いなる力を、最後の最後に信じて叫んだ、そのときに。

ありがとう

ありがとう、としか言えないときがある。

あふれる感謝の思いを伝えたくて、あれこれことばを捜しても、結局ただひとこと、「ありがとう」としか言いようのないとき。あなたが助けてくれたこと、あなたが支えてくれたこと、あなたが受け入れてくれたこと。何よりも、あなたがいてくれたこと。それがいかにうれしかったかを具体的に伝えたいけれど、ことばでいくら説明したところで、心にあふれる思いはとても表しきれないというとき。結局たったひとこと言う「ありがとう」

小さな声で、しかしすべての思いを込めて言うそんな「ありがとう」は、天国の扉を一瞬開けるだけの力を秘めている。ほかにも尊いことば、美しいことばはあるけれども、この「ありがとう」のもつパワーは、ちょっと比類がない。印象としては、ほかのことばは何かを表現するためのことばであるのに対して、「ありがとう」は、それ自体で成立しているような。

たとえば、赤ちゃんが生まれたとき。お母さんが、わが子を胸に抱いて言いようのない喜びに満たされ、思わずつぶやく、「ありがとう」。これなどは、母が子に言っているのか、子が母に言っているのか、よくわからない。二人が天に言っているのか、天が二人に言っているのか、もはや判然としない。だれかに何かを伝えたくて語られることばというよりは、そのことば自体がそこに生まれたとしか言いようがない。

もとはといえば、ありがとうは「有り難い」であり、本来ありえないものがあるという喜び、あること自体が奇跡だという驚きから生まれてくる。だから、元来、創造の神秘に深くかかわっていることばなのだ。この大宇宙があるという驚き。この一粒のお米が実る感動。「ありがたい、ありがたい」と言って、お天道様を拝み、ごはん粒ひとつに手を合わせるのが、本来のありがとうではないか。ありがとうとは、「する」ことへのありがとうではなく、「ある」ことへのありがとうなのである。

生まれたての赤ん坊はまさにありがたく、本来なかったかもしれない存在がたしかにここにあるというこの感動以上に人の胸を打つものはない。そのときあふれてくる「ありがとう」を言うためにこそ、人は存在しているのだし、そんな「ありがとう」を受け止めるために、人は生まれてくるのである。であるならば、最もありがたく、最もありがとうと言わなければならない対象は、実は、本来いなかったかもしれないこのわたし、自分自身なのではないか。

自分自身に、「ありがとう」と言う。しかしそれが、多くの人にとって難しいことであるのは事実だ。だれにとっても、真に自分自身を受け入れることがいちばん困難なことだから。特に、拒否されて育ち、自らを否定して生きてきた人にとっては、決して、できないと思い込んでいることのひとつだろう。ときには、むしろ自分なんかいないほうがいい、消えてしまったほうがいいと思っていることさえある。そんな自分に、どうしてありがとう、などと言えようか。

だから、だからこそ、このことばがあるのだ。そのことば自体で成立していることば。それを言うため、それを聞くためにわたしは生まれてきたということば。そのひとことで、生きていけることば。どうか、一度でもいい、このことばを信じて、自分自身に向かって、そっと言ってほしい。「ありがとう」と。

その瞬間、天国の扉が開く。

パックス！

第二百六十四代ローマ教皇、ヨハネ・パウロ二世の訃報を、ぼくはスペインのバレンシアという港町のホテルで聞いた。ちょうど見ていた夜のテレビニュースが一報を伝え、以後全テレビ局は、バチカンのライブ映像を流し続けた。やがてサンピエトロ広場に集まってきた数万人の信者の間から、その生涯をたたえて盛大な拍手が起こり、ぼくもホテルの一室でいっしょに拍手しながら、亡くなった教皇と同じヨーロッパ時間に居合わせたことを感謝した。拍手はいつまでも途切れることがなく、涙をこぼしながらほほえんで手を打ち続ける人びとの映像に、胸が熱くなった。

ぼくは、ヨハネ・パウロ二世と握手してひとこと交わしたことがある。カトリック司祭に叙階された年に、初めてローマを訪れたとき、教皇との謁見会場で最前列に座る機会があった。スピーチの後、教皇は最前列の巡礼者たちと順に握手を始めた。むやみに話しかけないようにとの注意はあったのだが、自分の番になり、その手を握って目が合ったとき、ぼくは黙っていられずに話しかけた。

「パックス、パックス！」

ラテン語で、平和、という意味である。

教皇はうれしそうな顔でぼくの目を見つめ、深くうなずいて、ひとことだけ返事した。「パックス！」と。

やがてこの教皇は、祖国ポーランドを無血で民主国家へと導き、東西冷戦の終結の立役者となり、近年はあの無意味なイラク戦争回避のために、全精力を傾けた。この教皇を、ぼくは心から敬愛していた。理由はいくらでも並べられるが、「キリストの香りがする人だから」のひとことで十分だろう。あの方のうちには間違いなく、キリストが生きていた。争い合う人類を救うためにいのちをかけた、「平和の主、キリスト」が。

教皇の葬儀ミサの前日、急遽《きゅうきょ》予定を変更してローマへ向かった。満席の飛行機で隣り合わせた女性は、ぼくがホテルの予約を取れていることをしきりにうらやましがった。聞けば、行っても泊まるあてはないが、とにかく教皇様のところに行きたいと言う。でも、その気持ちはぼくだって同じだ。行っても、大混雑でどうしようもないことはわかっていたし、事実、着いてみたらすでにバチカンはクローズで、大群衆が周りを取り囲んでいた。ただ、ぼくは、行きたかったのである。教皇の近くに。すなわち、話し合い、ゆるし合い、信じ合えばこの世界はきっと平和になる、という希望の近くに。

その大群衆の大多数が若者であったことが、ヨハネ・パウロ二世がまさに「希望」であったことを、何よりも雄弁に物語っている。彼は常に若者たちを大切にしていたし、彼が主導した十回に及ぶ世界青年大会では、毎回何百万人という青年たちに熱く語り続けたのである。

「十字架の道を恐れるな。キリストに希望をおきなさい。あなたたちこそが神の愛であり、あなたたちこそが平和をつくり出すのです」

いつの時代でも若者たちは本物を求めている。彼らはこの教皇のうちに本物の希望を見つけ、この教皇のことばに希望をおいたのである。彼らとともに遠くサンピエトロ大寺院のクーポラを見つめながら、ぼくは心の中で、「パックス、パックス！」と叫んでいた。

もうすぐ

天使を見たことがある。

もう九十歳を越えたその女性は、東京の西のはずれ、山あいの静かな老人施設で暮らしていた。身よりもなく、訪ねてくる人もなく、本当にひっそりと過ごしていた。品のある美しい人で、そばにいてたわいのないお天気の話をしているだけで心が穏やかになった。施設で出されるおやつの袋菓子を取っておいては、ぼくが行くたびに渡してくれたのは、ぼくのことを孫のように思っていたからかもしれない。「わたしの仕事は、神さまを賛美することだけ」というのが口癖の信仰深いその方を、司祭として月に一度お訪ねするのは、ささやかな楽しみだった。四季折々の窓外の景色を並んで眺めた日々が、懐かしい。

二、三年ほど通っただろうか。あるころからしだいに衰弱し、ベッドから起き上がることも難しくなり、お訪ねしても眠っていることが多くなった。施設の人の話では、認知症の症状が進んでいるとのことだった。

ところが、ある日伺うと、ちゃんとベッドの上に待ちかねたように座ってい
て、うれしそうにこう言った。
「神父様、もうお別れです。神さまが天国を見せてくださいました。それは、
それは、本当にすばらしかった。ああ、もうすぐ行ける!」
天使のほほえみとはこのことかと思わせる、輝く笑顔だった。一瞬、その背
に透明な翼が見えるような気さえした。いったい、どんな天国を見せてもらっ
たのだろう。
その数日後に亡くなったと、翌月お訪ねしたときに知らされた。
人は、何のために生まれてくるのだろうか。
いろいろな答えが考えられるし、しょせんは人間の考えにすぎないのだから、
どれが正解ということもないのだろうが、こういう言い方はどうだろうか。
「人は、天使になるために生まれてくる」
イエスは、死を超えて復活の世界に入った人たちのことを、こう話した。
「その人たちは、もはや死ぬことがない。天使に等しいものであり、復活に
あずかるものとして、神の子だからである」(ルカ20・36)

わたしたちはみな、やがて死を超えて天使に等しいものとなる。もしそうならば、もうすでにわたしたちのうちに、いわば「天使の種」ともいうべき尊い性質が宿っているはずだ。その種を育てて、しだいに天使に等しくなっていくプロセスを、人生というのではないか。「わたしの仕事は神さまを賛美することだけ」というあの人は、もうすでに半分以上天使だったのだろう。天を仰ぎ、天を信じて「もうすぐ行ける！」とほほえんだときは、もうほとんど天使になっていたのだろう。

赤ちゃんが天使に見えるのは、赤ちゃんは天使の種そのものだからだ。大人になるにつれ、人びとはさまざまな痛みと闇を体験して自分と世界への信頼を失い、自らの内なる天使を忘れてしまうのだが、忘れたからといって種がなくなるわけではない。どんなに汚れようとも、どんなに傷つこうとも、すべての人に宿っている天使の種が育っていくのを、何者もじゃますることはできない。

そう、「もうすぐ」なのだ。ほほえんで今日を生きようではないか。自由に羽ばたき、汚れなく愛し合い、まことの親の顔を仰いで心ゆくまで賛美の歌をうたう、天使になる日を夢見て。

生きるためのひとこと

今、ここ

自らいのちを絶つ人がいる。元気な人たちは「なぜそんなことで」とか、「なにも死ななくても」などと簡単にいうが、自ら死を選ぶその心の闇がどれほど深いか、それだけは体験した者にしかわからないはずだし、体験した人はもうこの世にはいないのである。

もっとも、結果的に死ねなかったという人もいて、そういう人たちが後に語ったことばを聞けば、ひとりの人が闇にのみ込まれる一瞬の恐ろしさが、多少は理解できる。病苦や、生活苦がしだいに膨らみ、「うつ」の闇に覆われていく、その虚無感。その孤独。耐えがたい自責と疲労。「そこに、自殺という一筋の希望の光がさすのです」と言った人すらいる。そのような絶望を生きる人に対し、もはや周囲にはことばもない。

けれども、そんなぎりぎりのところで、ひとつだけ考えてみてほしい。「死にたい」というあなただって、実はまだ一度も死んだことはないのだから、そこにはある種の思い込みがあるはずだ。「死ねば楽になれる」「死がすべて解決してくれる」「死ですべて終わらせることができる」というような。でも、それは本当だろうか。あなたは、正確に言えば、「死にたい」というよりは、「このまま生きていたくない」のであり、生きないためには死ぬしかないと思い込んでいるのではないか。「そのまま生きないですむ、しかし死なないでもすむ」ことなんてありえない、と思い込んでいるのではないか。怖いのは、実はつらい現実ではなく、つらい現実から決して逃れられないという、思い込みである。その思い込みが、現実を歪曲《わいきょく》し、現実を否定し、現実を破壊する。

「今、ここ」に目覚めてほしい。思い込みにとらわれているときは、「今まで頑張ってきたのだから」とか、「きっとそのうち楽になるから」というような過去や未来の話をしても受けつけられない。そもそもが、その過去と未来で苦しんでいるのだから。何よりも大切なのは、過去にも未来にもじゃまされない、「今、ここ」に生かされているこの現実だけだと知ってほしい。

人は、過去に傷ついている。「愛する人を失った」「リストラされた」と。人は、未来に苦しんでいる。「病気が悪くなる」「きっと破滅する」と。人間の脳は記憶と想像に支配されているのだから、それも仕方がない。しかし、もしもそのどちらからも解き放たれる一瞬をもてるなら。ちょうど、何も考えずに夢中になって泥んこ遊びをしている小さな子どものように、「今、ここ」だけに存在するなら、過去のため、未来のために死なないですむのではないか。死のうとさえ思うほどに追いつめられていても、ひとこと「今、ここ」とつぶやくことはできるはずだし、それは決して無駄ではないはずだ。もう過ぎた過去は「今、ここ」のあなたを縛ることはできないし、まだこぬ未来も「今、ここ」のあなたを傷つけることはできない。もう十分苦しんだのだから、それ以上、自分の脳を使う必要もないだろう。「今、ここ」という永遠の一瞬の静かな喜びは、脳ではなく、魂のうちにこそちゃんと備わっているのだから。まさに、あなたがこれを読んでいる「今、ここ」に、救いがある。

この原稿を書いているぼくの「今、ここ」は、五日市街道沿いの昼下がりの喫茶店。窓からケヤキのこずえ越しに柔らかな光がさし込んで、これを書いているメモ用紙とコーヒーカップが光っている。すべての「今、ここ」は永遠とつながっているし、あなたの「今、ここ」ともつながっている。

死んでもいい

母方の祖母は、九十二歳で死んだ。それなりの大往生だったと思う。大柄で血色よく、ビールとプロレスが大好きという、たくましき明治の女性だった。戦争や病気で上から三人の子どもを亡くすという試練を背負いながらも、戦中戦後の困難な時期に、残り五人の子どもを立派に育て上げたその生涯は、孫の目にもまぶしく見える。

そんな祖母の口癖は、「いつ死んでもいい」だった。何かにつけ、「わたしはもう十分長生きした、いつ死んでもいい」というようなことを言うのである。それはどこかに、「みんな若くして死んでいったのに、自分だけ長生きしてしまって申し訳ない」というようなニュアンスを含んでいて、それはそれで本音であったろうとは思う。

しかしあるとき、久しぶりに訪ねていった折に、いつもと同じくそんな話題になったことがあった。「おばあちゃん、久しぶり。元気そうだね。よかった、よかった」という孫に、すまなさそうな声で、いつもの口癖が返ってくる。

「おばあちゃんは、長生きしすぎたよ。もう、いつ死んでもいいんだ」

そこで、ふと何気なく尋ねてみた。

「いつ死んでもいいって、じゃあ、明日でもいいの？」

すると祖母は、まじめな顔でこう答えたのである。

「いや、明日はちょっと困る。いろいろあって……」

ぼくが思わず笑い出すと、祖母も照れくさそうに笑い出した。懐かしい思い出である。

「明日は、困る」。正直な、たくましい答えだと思う。そうでもなければ、激動の明治、大正、昭和を生き抜くことなどできなかったろう。どんなに困難でも、どれほど不幸に見舞われようとも、夫と子どものために、とにかく生き延びなければならなかったひとりの女性。おそらく、「いつ死んでもいい」という覚悟のことばは死神を油断させる煙幕で、その奥には、「今日明日はどうしても死ねない」という強烈な生への執着を隠しもっていたにちがいない。

何か大事な目標があり、それを達成できたら死んでもいい、という言い方がある。もちろん、これはことばのあやというもので、本当に死んでいいとは思っていないのかもしれないが、「死んでもいい」なんて、実は軽々しく口にしてはならないことばなのではないか。どんなに大切な目標であれ、それはあくまでもその人の目標なのであって、それが達成されようとされまいと、人ひとりの存在の意味は、個人の思いに左右されない重いものであるはずだから。

それは、本当に死んでしまいたいと思っているような、つらい現実を背負っている人にもいえる。たしかに、あまりのつらさゆえ死んだら楽になると思ってしまうのだろうが、それはあくまでもその人の思いなのであって、人ひとりの存在の価値は、人びととの雄大なつながりと悠久の歴史の中でこそ意義づけられるものなのだ。要するに、自分は自分のものではないということである。自分が存在するからこそ、だれかが存在しているのだということである。

あのたくましき祖母の苦闘と執着のおかげで母が生き延び、孫である自分が存在していると思うと、感謝以外のことばはない。であるならば、当然自分もまた、大きなつながりの中でだれかを生かすために、今日を生き延びなければならないのである。

おめでとう

本を出版すると、「出版記念パーティー」なるものを催していただくことがある。といっても、これがなかなか微妙な企画で、だれが言い出してだれを招くのかというあたりで、それなりに気を遣うし、ときにはだれも言い出さないので、著者自ら企画することもある。なんでそんな面倒をわざわざするのかと思われるかもしれないが、ぼくとしてはともかく、「おめでとう」と言ってもらいたいのである。ただし、著者にではない。無事に生まれた、その本に。

一冊の本が誕生するのには、多くの人の愛情と忍耐がかかわっている。さらに言えば、愛情と忍耐があれば必ず生まれるというものでもなく、人間の計らいを超えた大きな力が働いている。そんな恵まれた出来事に申し上げることばはもはや「おめでとう」しかないし、その「おめでとう」は、一冊の本がこれから開いていく新しい世界へとささげられているのである。だから、出版記念パーティーで「おめでとう」と言われたら、ぼくも「おめでとう」と返す。

喜びの現場で交わされ、笑顔と拍手に彩られるこのひとことのもつ意味は、何気なく口にするわれわれが思っている以上に大きい。もしかすると、人間はそのひとことを交わすために生きているのでは、と思えるほどに。「おぎゃあ」と生まれて、皆から祝福されてから、ぼくたちはその生涯を「おめでとう」で彩りながら生きていく。誕生日。入園。合格。入学。卒業。成人。入社。結婚。出産。昇進。栄転。落成。開店。新年。優勝。表彰。当選。全快。還暦。喜寿。米寿。卒寿。百歳。百一歳……。

いずれもまさに「おめでとう」なわけだが、これらすべてに共通していることがある。自分の力を超えた大きな力によって何かを成し遂げたり、節目を通過したりして、新たな世界が開かれていく恵みのときがおめでたいのだ。こうして並べてみると、人生とはまさに、恵まれたその節目、節目の「おめでとう」のためにこそあるのだ、ということがよくわかる。

ならば、いつでも、どこでも、どんな場合でも、がそんな節目であり、この今こそが実は「おめでとう」なときであると気づくなら、人生は見違えるほどおめでたくなるのではないか。受験に失敗して「入学」できなくても、だからこそ始まる新しい日々にきっとすばらしい意味があると信じて「おめでとう」、リストラにあったとしても、家族そろって迎えることができたこの朝に「おめでとう」、渋滞に巻き込まれて「おめでとう」、お財布落として「おめでとう」、恋人にふられて泣きながら、ほとんど意地で「おめでとう」

さらによく考えてみると、これらすべてを成し遂げて人生を完成させ、大きな力に導かれて、真に新たな世界へ開かれる究極の節目、すなわち「死」のときこそが、実は最もおめでたいのではないか。たとえ合格し優勝し全快し、どんなにおめでたい人生を送っても、最後の最後がおめでたくないならば、いったい人生とは何なのだろうか。どう考えても、すべての人が行きつく、この究極の節目がおめでたくないはずはない。ただ、だれもその後の「新たな世界」を知らないので、自信をもって「おめでとう」と言えないだけなのだ。

そのときを自分で決めてはいけない。それは大きな力に導かれてこそ迎えられる尊い節目なのであり、だからこそ「おめでとう」なのだから。ぼくがそんな大きな力によって天へ召されたときには、ぜひ「昇天記念パーティー」を開いて、「おめでとう!」と言ってほしい。だれがだれを招くのかは、微妙だが。

悔しい

『恵みのとき』という本を出版したとき、ぼくはこの本を亡き父にささげた。「病気になったらどんどん泣こう」という一行で始まるこの本は、病気のために心を閉ざして苦しんでいる人のために書いたものであり、その意味では、まさに病魔と闘いながら、しだいに身も心も衰弱して死んでいった父にこそささげるべきだと思ったからだ。

父はぼくが二十一歳のとき、五十歳で死んだ。肝臓ガンだった。まじめで頑張り屋で、戦争、貧困、結核など、どんな困難も乗り越えてきた父だったが、末期の肝臓ガンという魔物を前にしては、なすすべもなかった。優しくて信仰深い父が、体とともに心も崩れそうになるのを必死に耐えているようすは、はたで見ていても痛々しかった。

もう長くないと本人も家族も悟り始めたある日、ぼくは父が生きている間に、どうしても伝えておきたかったことを告げた。それは、カトリック教会の司祭になりたいという決心である。まだだれにも話していなかったその思いを、だれよりもそれを願っているであろう父に第一に打ち明け、喜ばせて励ましたいという気持ちだった。

ぼくの話を黙って聞いていた父は、突然、「悔しい」といって泣き出した。嗚咽《おえつ》に近い泣き方だった。ぼくは父がそんなふうに泣くのを初めて見た。ある意味では当然の反応だったともいえる。息子が神学校を卒業して、晴れて司祭になる日を見ることはできないとわかっていたのだから。しかし、それまでいいかげんに、好きかってに生きてきたぼくにとっては、その涙は衝撃だった。息子の前で、初めて自分の弱さを吐露して涙を流す父に、今、ここで、真剣に向かい合わなければならないと直感し、精いっぱいのことばを返した。

「ぼくがちゃんと神父になって、みんなの幸せのために働けたら、それは父さんのおかげだ。ぼくは父さんのぶんまで頑張るよ。約束する」

ほどなく父は死に、翌年ぼくは神学校に入った。

もうすぐ、ぼくは父が死んだ年齢、五十歳になる。この年になって、父の「悔しさ」が、ようやく本当にわかってきた気がする。父が夢見ていたこと、信じていたこと、愛していたことをリアルに感じられる年になって、それらを手放さなければならない悔しさもリアルに感じられて、胸がつまる。

しかし、父は神の愛を信じて生き、永遠なる世界を信じて死んだ信仰者である。彼が全身全霊で背負った病気と、「悔しさ」という十字架が、無意味な試練で終わるはずがない。ぼくが父の死後ずっとやってきたのは、その悔しさに聖なる意味を与える挑戦だった気がする。ぼくはどうしても、父の「悔しい」が敗北宣言ではなく、立派な勝利宣言だったのだと言いたいのだ。

父にささげた本のタイトルを「恵みのとき」としたのもそのためだといっていい。たしかに病は究極の試練であり、なすすべもない無力を背負う闇のときである。しかし、だからこそ、もしもそのときを恵みのときと信じ、恵みのときに変えることができるなら、この世界はどんなに恵まれない人にとっても生きるに値する世界になるはずだ。

つらいとき、疲れたとき、何もかも投げ出したくなったとき、ぼくはあの「悔しい」を思い出す。そして、世界中の、無数の「悔しい」を思う。

ぼくがなすべきことは、悔やしさとつながりながら、なおも生きることだ。

お見事

かつて南アフリカで暮らしていた弟と、彼の運転する車でヨハネスブルグ郊外の道を走っていたときのこと。

信号待ちのため車を止めたとたん、車の前に黒人の男が飛び出してきた。何かを必死に叫んでいる。貧しい身なりでやせ細り、片目はつぶれているのか、閉じたままだ。聞けば、道に義眼を落としたところへあなたの車がきて、タイヤが義眼を踏んでいる、拾うから車を動かすな、と言う。驚いていると、男は車の下に潜り込み、すぐに「ああよかった、取れた、取れた」とうれしそうに出てきた。手にはたしかに、義眼をもっている。どうするのかと思っていたら、男はハンカチを取り出して義眼をごしごしふき、なんとぼくらの目の前でいきなりエイ、とばかりに自分の目に押し込み始めたのである。そんなことできるのだろうか。痛くないのだろうか。第一、洗わなくてもいいのだろうか。

あっけにとられていると、男は強引に義眼を押し込んで、顔をあげた。ちゃんと義眼が入っている。しかし、どうも思わしくないようすで、相当痛そうに顔をしかめて、目をこすっている。そして、「車にひかれてひびが入ってしまったようだ、一ドルでいいから修理費を援助してくれないか」と、すまなさそうに言う。あまりに気の毒なようすなので、思わず一ドル紙幣を渡すと、無邪気な笑顔を残して、去っていった。

再び車で走り出してから、気を取り直して二人で話した。

「ああ、びっくりした。義眼を踏むとは思わなかった」

「いやはや、それにしても義眼って、あんなふうにちゃんと入るもんだね」

「でも、きれいな目だったよね。まるで本物の目みたいだった」

「ひびが入っているようには見えなかったけどね」

そこまで話して、二人同時に気がついた。

「やられた！」「あれ、本物の目だ！」

つまり、詐欺である。片目をつぶって車を止め、あらかじめ隠しもっていた義眼をさも拾ったように相手に見せ、手品よろしくその義眼を自分の目に入れるふりをし、両目を開いてから、痛そうな顔をして金をせびるというわけだ。

後で考えれば、なんでだまされたんだろうと思うような話でも、いきなり目の前で演じられると、気が動転していて、気づかない。

二人で大笑いして言ったものである。「お見事!」

詐欺は詐欺であり、決して褒められる行為ではない。しかし、貧しくて生きるのに必死な人が、知恵を絞って稼ぐのをだれが責められよう。しかもこの場合は、脅されたわけでも、偽物を買わされたわけでもない。第一、あれはもはや名人芸のようなものであり、立派なストリートパフォーマンスである。むしろ「お見事」と褒めるべきだろう。鑑賞料と思えば一ドルは安すぎたくらいだ。

人間は、たくましい。どんな環境にでも適応し、知恵を使って何とか生き延びる。氷河期を生き延び、世界大戦を乗り越え、感染症を克服し、今日も精いっぱい生き延びている人類を、褒めてあげるべきだろう。「お見事!」と。

当時の南アフリカはアパルトヘイトが廃止されて間もないころで、ささやかながら希望があった。しかし、あれから十年以上たち、いまや治安の悪さは世界一、二を争うまでになり、HIVの蔓延《まんえん》は国を滅ぼそうとさえしている。

彼は今日もどこかで目を落としているのだろうか。生き延びていてほしい。

うれしい！

三人の娘を残して、この世を去っていかなければならない母親の気持ちというものを、想像できるだろうか。

不治の病の告知を受けたその母親は、恐れと絶望の中で心を閉ざしていた。若くして夫を病で失ってからは、娘たちのために必死に仕事と家事をこなしてきたというのに、末期と宣告されたのである。絶望して当然という状況だろう。そういう方にお会いして、何かを語らなければならない神父の胸中というものも想像していただけるだろうか。

その母親の絶望を見かねた友人の紹介で、ある日の夕方、ぼくは病室をお訪ねすることになったのである。初めてお会いする方、しかも信者でない方をお訪ねするのは気を遣うものだが、ましてこの状況となれば、ますます気後れする。ぼくは、病室の前で胸に十字を切り、扉を開けた。

母親は、まさしく絶望していた。一目見てそれがわかるという状況だった。

彼女は焦点の定まらぬ目で、顔もあげずにつぶやき続けた。

「夫だけでなく、なぜわたしまでも……」「きっと治してみせると頑張ってきたのに……」「娘のことを思うと……」

そのような現場では、安易な慰めや、その場しのぎのことばは通用しない。つまり、人間の考えや工夫などは通用しない。通用するのはただひとつ、「今、ここで」語られる「神のことば」のみである。

ぼくは彼女の手を握り、まっすぐに目を見つめ、キリストになって宣言した。

「今日、ここにわたしを遣わしたのは、神です。神はあなたを愛しているからです。あなたに福音を伝えるためです。神はあなたを望んで生み、わが子として育て、今も限りない親心で生かしています。神の子であるあなたは死にません。永遠のいのちを生きるのです。もうすぐあなたは天に生まれ出て、三人の娘のために、生きていたとき以上に働くことができる。天のご主人とともに、今以上に娘たちを守ることができる。まことの親を全面的に信じて、安心してください」

三十分ほどの話だが、話すうちに、彼女の顔が目の前でみるみるうちに輝き出した。それは、劇的というしかない変わりようだった。地下牢から救い出されて、いきなりまぶしい春の野辺に躍り出た人のようだった。涙も出ないというこわばりが解けて、初めて彼女の目から涙があふれ出た。

一週間後、本人のたっての希望で、彼女の洗礼式を行った。三人の娘に囲まれて、母親は確信に満ちた声で宣言した。

「わたしは、まことの親である神を信じます。神の愛そのものであるイエス・キリストを信じます。神の親心である聖霊を信じ永遠のいのちを信じます！」

洗礼の水をかけられた彼女は、娘たちを見つめながら明るい声で繰り返した。

「お母さん、うれしい。本当に、うれしい！」

三週間後、彼女は亡くなった。安らかな最期だった。告別式で長女があいさつした。「母は洗礼で救われました。洗礼式のとき、母の顔は本当に輝いていました。母の人生において、あんなに明るい顔は見たことがありません」

この世にうれしいことは数あるけれど、どんなこともやがては消えていく。最もうれしいことは、永遠なるものに触れ、永遠なることを信じることではないか。あの輝く顔は、間違いなく永遠なる世界の輝きを宿していたと思う。

ふーっ

どんなことばよりも、ひとつの深呼吸が救いになることがある。

悩んでいるときには知恵のことばが必要だし、相談に乗ってもらうのも助けになる。苦しんでいるときには慰めのことばが何よりだし、愚痴を聞いてもらうのもありがたい。しかし、知ってのとおり、ぼくらのことばはいつだって相当不正確だし、相当無責任である。ことばに救われることもあるけれど、ことばにとらわれて悩み、ことばで傷ついて苦しむこともある。

たぶん、本当に人を救うのは、そのような不完全なことばを覚える以前に身をゆだねていた、意識よりも広くて、沈黙よりも透き通った世界だ。閉ざされた頭蓋骨の内側の迷いや恐れとは無縁の、果てしない青空のような世界。

そんな世界に救われる最も簡単な方法は、そんな世界の空気を吸うことである。ことばを鎮め、魂で深呼吸することである。脳みその中に酸素を入れ続けないとすぐに脳が死んでしまうというのは、医学の常識である。すべての迷いと恐れは脳みその中の酸欠が原因なのだから、まずは息をすればいいのだ。あなたは酸素を生み出せない。救いはいつも、あなたの外からくる。

学生時代に初めて金縛りにあったとき、初めてということもあって、恐怖を感じた。どんなに動かそうとしても手も脚も全く動かない。このまま死んでしまうのではという思いが脳裏をよぎり、ひどく焦った。

しかしそのとき、ふとこう考えた。

「動かないといっても、肺も動かないなら、息ができずにとっくに死んでいるはず。現に、今もちゃんと呼吸はしている。深呼吸ならできるかもしれない」

そこで、スーッと息を吸ってみると、金縛りはするりと解けた。

現代社会はいまや、酸欠極まった金縛り状態といっていい。自分自身を自分の思うように動かせず、生きてはいるけれど、生きる喜びがない。このまま死んでしまうかも、という恐怖にとらわれている。この金縛りを解くには、魂の深呼吸しかない。緊張を解いて口を開き、閉ざされた世界に天の風を取り入れること。それも、無理に吸うというよりは、安心して自分を開放することで自然にできる呼吸。真空パックの封を切るとシュッと空気が入るように、わざわざ吸い込まなくても、力を抜いて口を開けば自然に入ってくるはずだ。それくらい天の気圧は高く、魂の気圧は低い。

聖書によれば、すべては神の息でつくられている。神が「ふーっ」と吹き込んだいのちの息が、大宇宙で銀河の渦をつくり、小宇宙で遺伝子を混ぜ合わせているのだ。なかでも、「神の似姿としてつくられた」人間は、「神がその鼻にいのちの息を吹き入れられたので生きるものとなった」とある。人間とは、神の息を呼吸するものとして生まれてきたのだ。

どんな病も流れがさえぎられて起こるのであり、この病んだ世界をいやし、病んだ心を救うのは、魂の深呼吸である。つらいとき、無心に魂を開いてほしい。難しい理屈も技術もいらない。宇宙に満ちている神の息に身を任せる呼吸なのだから。人は、呼吸する。それは生きるために不可欠な、最も身近な仕組みである。人を救う仕組みも、最も身近な仕組みとして備えられているはずと考えるのが、自然ではないか。だれもが、魂の深呼吸をする力を秘めている。

吐いて真空となり、吸って生かされる。一息ごとに死と誕生を繰り返すとき、人は神のいのちを生きている。

わたしは、生きる

この文章は、生きる意味を見失って、もう死にたいと思っている人のために書いている。最後まで読んでほしい。

あなたがなぜ死にたいとまで思っているのか、今、どれほどの苦しみとむなしさを抱えているかは、ぼくにはわからない。そもそも、あなたがどこのだれであるかも知らないし、あなたもぼくがだれであるかを知らない。けれど、ぼくは今、そんなあなたに向かって、あなたのために、この文章をつづっている。余計なお世話と言われればそうかもしれないが、ぼくはこの文章を単なる思いつきで書いているのではなく、ひとつの使命として書いている。

ぼくは小さいころから、なぜかこの「使命」ということに敏感な子どもだった。自分がやがて何か大きな力に促されて、その大きな力に使われるのだというビジョンが頭から離れなかった。今はその大きな力を、とりあえず神と呼んでいるが、「神」ということばは、ときとして、この「使命」をわかりにくくするので、ここではあえて使わない。言いたいことはただひとつ、ぼくには使命があり、それは、あなたのためにこの文章を書くことだ、ということである。

どうしてぼくがそれを使命と思ったのかは、自分でもわからない。しかし、およそ使命とはそういうものであって、その使命を本人が理解しようとしまいと、その使命に向いていようといまいと、一切関係ない。使命は与えるほうが決めるものであって、与えられるほうに選択の余地はない。ときには本人が断ったとしても、使命を与えたものは必ず、その使命を与えたものを使う。そして今、その大きな力は、ぼくを使って、あなたにこの文章を読ませている。

理由はたったひとつ、あなたを生かすため、である。

二冊目のエッセイ集を出版したいと編集者から言われたとき、一冊目が身近な動詞に関するものだったので、次はさらに身近なことばである、話しことばについて書こうと思った。「おはよう」とか「おめでとう」とか、ふだん口にすることばを大切に話すことで、生きる喜びを深めてほしいと思った。その思いは、間違いなく大きな力に促されての思いであり、この本のタイトル「生きるためのひとこと」を思いついたのも、大きな力に導かれてのことにちがいない。そして、相当苦しみながら、四年かかって書き下ろして、今、この文章、すなわち最後の六十四編目を書いている。これを書き終えればついに脱稿である。その最後の一編を、大きな力は、あなたのために書かせている。

やがてこの本は出版され、本屋の店頭に並ぶ。大きな力はそこにあなたを導き、あなたはふと、この本を手に取る。あるいは、手に取った人が読んで、ぜひこれをあなたにと思って贈り、それであなたは今、読んでいる。

ことばには、力がある。とりわけ、口にすることばには。人は初めからそのようにつくられているので、生きるためのひとことを、実際に自らの口にするとき、自分が開かれ、大きな力が流れ込む。この本はそのために書かれた。

だから、この文章は、間違いなくあなたを救う。あなたを生かし、あなたに生きる力を与える。使命を与える大きな力は、必ず与えた使命を実現させるからだ。最後にそれを信じて、ひとつだけぼくの頼みを聞いてほしい。簡単なことである。次のひとことを、実際に口に出して言ってほしい、それだけだ。ひとことでいい、生きるためのひとことを。

「わたしは、生きる」

あとがき

　生きてほしい。真心からそう思う。あなたのその闇に、もうすぐ、必ず、光がさす。だから、信じて生きてほしい。

「生きるためのひとこと」というタイトルの本を出版する以上、それなりの責任と覚悟が必要だった。このようなタイトルを見て本を手にする人の中には当然、生きていく意味を見失ったという人や、もう死んでしまいたいと思っている人もいるであろうから。

　もし、あなたがそんなひとりなら、せめて最後の一編、「わたしは、生きる」だけでも読んでほしい。あなたは、本当は生きたいと願っているし、生きるためのひとことを求めているからこそ、この本を手にしたのである。この本は、そんなあなたのために書いた。

まえのエッセイ集『星言葉』を書いてから、はや十五年が過ぎた。幸い『星言葉』はみんなに愛されて、十六刷りになっている。五年ほどまえに、ぜひ次のエッセイ集をと請われ、本人も書きたい気持ちにあふれてはいたのだが、あまりのマイペースのために、今日にいたってしまった。編集者には多大な忍耐を強いることとなり、「まだですか」と言ってくださる多くの方にご迷惑をおかけしたことを、おわびしたい。

ともかくも、やっと書き終えて、だれよりも本人がほっとしている。なにしろ初めての書き下ろしで、しかも六十四編のエッセイである。レポートを六十四提出しろ、と言われた学生の気持ちを想像していただければと思う。

ぼくにとっては、厚さのある本としては初めてのハードカバーである。本の装丁という小宇宙に魅せられ、編集デザインなどを学んでいたこともある者として、このような本を出版できることは、ひとつの夢の実現でもある。その夢を、前著に引き続き大ファンの菊地信義さんの装丁でかなえることができて、本当にうれしい。

この本が、多くの人に愛されますように。

たったひとりにでも、生きる力を与えることができますように。

二〇〇六年九月

晴佐久　昌英

生きるためのひとこと

*

著者　晴佐久昌英

発行所　女子パウロ会

代表者　三嶋邇子

〒107-0052　東京都港区赤坂8-12-42
Tel.(03)3479-3943　Fax.(03)3479-3944
web・携帯サイト http://www.pauline.or.jp/

印刷所　図書印刷株式会社

初版発行　2007年3月15日
2刷発行　2007年4月6日

ISBN978-4-7896-0631-8 C0095　NDC914

Brenda